梦里花开

章新俊 著

中国盲文出版社

图书在版编目（CIP）数据

梦里花开（大字版）/章新俊著．—北京：中国盲文出版社，2019.8
ISBN 978-7-5002-9110-7

Ⅰ.①梦…　Ⅱ.①章…　Ⅲ.①散文集—中国—当代
Ⅳ.①I267

中国版本图书馆 CIP 数据核字（2019）第 117539 号

梦里花开

著　　者：章新俊
责任编辑：包国红
出版发行：中国盲文出版社
社　　址：北京市西城区太平街甲 6 号
邮政编码：100050
印　　刷：北京建筑工业印刷厂
经　　销：新华书店
开　　本：710×1000　1/16
字　　数：102 千字
印　　张：12
版　　次：2019 年 8 月第 1 版　2019 年 8 月第 1 次印刷
书　　号：ISBN 978-7-5002-9110-7/I·1936
定　　价：36.00 元
编辑热线：（010）83190265
销售服务热线：（010）83190297　83190289　83190292

目　录

CONTENTS

第一辑　似水年华

第二辑　故乡行吟

第三辑　亲情港湾

第四辑　时代放歌

自　序

我的文学梦源自于大学校园，那时候我学的专业是汉语言文学，必修的课程有中国古代文学史、现代以及当代文学史，大量地背诵古诗词和广泛阅读现当代小说是必然的事。

记得每当晨曦微露，我或立于草木掩映的图书馆楼下，或踱步于曲径通幽的林间小道，有时大声朗读，物我两忘；有时默默记诵，目酣神醉。从“氓之蚩蚩，抱布贸丝”“行行重行行，与君生别离”中，我读出的是爱情的美好甜蜜；从“帝高阳之苗裔兮，惟庚寅吾以降”“蜀道之难，难于上青天”中，我感受到了人生的洒脱豪迈；从“车辚辚，马萧萧，行人弓箭各在腰”“把吴钩看了，栏杆拍遍，无人会、登临意”中，我深刻体会到了蕴含其中忧国忧民的悲悯情怀。

夜晚的大学图书馆灯火通明，我静静地徜徉在书的海洋，看鲁迅用文字投“枪”和“匕首”，撕掉五千年文明的虚伪面孔，刺痛亿万国民久已麻木的神经；

跟着沈从文品读湘西特有的风韵与神采，思考生命的哲学；在张爱玲超然甚至冷酷的笔触中，走进苍凉惨淡的情感世界。我深深感动于作品的深邃透彻，感佩于作家的责任担当，常常出现一种创作的冲动，可提起笔来又无从下笔。

好在那个时候书信还是一种主要的沟通方式，于是我在书信中浓墨渲染对同学的思念，对大学生活的热爱，对未来人生的憧憬。等到相聚，聊起分别时的鸿雁往来，同学友朋都认为我写给他们的书信文采飞扬，让我很是沾沾自喜。在虚荣心的驱使下，加上青春荷尔蒙的刺激，我把爱情的悸动诉诸纸间，然后小心翼翼誊抄工整，反复核对收信地址后贴上邮票，忐忑不安地投给一家党报。

怀着期许的等待令人无比煎熬。之后的每一天，我无比虔诚地准时到图书馆找报翻报。终于有一天，我的周身血液凝固，我看到那朵还有些娇嫩却是饱含我心血的绿芽，含苞绽放在春日的阳光中，像是一朵迎春花。

满园春色中，这朵花儿虽不起眼，却催生了我拥抱春天的热情。我开始拼命书写，写春天的萌动，写秋日的落寞，写青春的忧伤，写离家的惆怅。尽管一次次投出热切的希望，等到的多是渺茫，可我始终幻想，也许，也许奇迹就会在下一次发生。真的还又有那么几次，班里负责收发的女孩儿，眼里闪着灼热的光芒，扬着一份报纸，径直走到我面前，甜甜地说：“这是你的！”

春去秋来，林花谢了春红。不知不觉间，我养成了用笔来抒发胸臆的习惯。即使大学毕业后走上教育岗位，我也在紧张的工作间隙，手捧诗书神游其中，偷得浮生半日闲。每伴着如豆的灯光批阅完最后一本作业，就按下单放机，一遍遍地听王杰的《英雄泪》，然后铺展稿纸，将初为人师的酸甜苦辣，离家时母亲的殷切目光，乡村暮霭中飘起的一缕炊烟，深情酝酿在心底，缓缓倾泻于笔端。

看我竟然能在报纸上发表文章，校长索性将学校年终总结、活动方案、计划安排等都交给我撰写。我只有苦笑，校长哪里知道文学和公文的语言区别有多大。鱼和熊掌不可兼得，我只好无奈地将缪斯女神予以冷落。后工作发生变动，撰写公文竟成了我的主业。不分白天黑夜地忙碌，面对如山的责任压力，我再也没有了吟风弄月的闲情雅趣，偶尔酒酣耳热之际，弹琴复长啸，高唱大江东去，座中皆嗤鼻，认为酸腐之气不可闻，只好怏怏作罢，星火般溅起的那点才思也悄然逃遁。

光阴流转，年华似水，我对寡淡、直白、刻板的公文语言越来越熟稔，对诗情画意的文字却日渐疏远，多年的文学梦似乎也就此而终。没想到，正值盛年，造化弄人，上帝把我的眼睛遮上了帘幕，将我抛出正常的人生轨道，让我开始体验另一种生活。我无比颓废、绝望，我无奈地哭过、喊过，然而悲声难挽流云住，自己一切的怨天尤人、愤世不公，只得到惋惜或幸灾乐祸，根本于事于己无补。

终日凄惶让我拾起久别的文学，从史铁生、海伦·凯勒的作品中探寻残障者的精神家园，在残障群体创作的优秀篇目中发掘人生的终极答案。我重又握起搁置已久的“笔”，眼前的愁绪、躁动的新生，从键盘上缓缓流淌出一川烟草，满城风絮。没有了眼前的纷扰，我正好可以清净心灵，放慢人生的脚步，欣赏沿路的风景。身为镣铐锁缚，心可自由飞翔。

西谚有云：请给我平静，接受那些我无法改变的，给予我勇气，改变那些我可以改变的，赐予我智慧，看清这两者的差别。我从阅读和写作中拼命汲取营养和智慧。沧浪之水清兮，可以濯吾缨；沧浪之水浊兮，可以濯吾足。没有祸福可以趋避，艰难一样生出花朵。有可以付诸的努力，便有可以期待的改善。我步入文学的伊甸园，用心去捕捉美好，去播种梦想，时而蓝天丽日，时而杏雨霏霏，时而鱼翔浅底，时而鹰击长空；春园芳草，日日见长；秋蚕食桑，夜夜育肥。我用情讴歌生在这个伟大的时代，赞美社会的发展和沧桑巨变，歌唱科技的创新和文明进步，让不幸如我者，依然有施展才华的机会，能够实现自身的价值。

黑夜给了我黑色的眼睛，教我不驰于空想，不骛于虚声，我对人生多了更深层次的思考和领悟。礁石阻挡不住江水东流，悲伤遮掩不住时光的飞逝。没有人能烦恼你，除非你自己烦恼自己；没有放不下的事情，除非你自己不愿放下。办法总比困难多，坚信自己会越挫越勇。借难熬时光，正好磨炼自己的意志，激发自己的潜能，相信自己不白活一生。“不忘初心，方得始终”，我坚信这句话，无论变换何种工作，无论遭遇多少坎坷，写作的笔将一直紧握在手。

幸运总是青睐逐梦者。在中国盲人文学艺术委员会的勉励下，经过中国盲文出版社编辑老师的悉心指导，我终于得以将个人历年来正式刊发和在有关征文活动中获奖的作品结集出版，圆了我年少时的文学梦想。我期许这些朴素无华，还略显粗糙的文字，为我逝去的青春、记忆中的山水、至善至美的亲情、奋进的时代留下弥足珍惜的烙印，让我在以后的时光中慢慢品悟和回忆。

是为序。

章新俊

2019 年 3 月

第一辑

似水年华

初恋感觉

人的一生会承受各种情感的冲击，而我发现留在情感记忆彩石滩上最闪亮的贝壳竟是初恋感觉。

岁月在不经意间溜走了，带走了许多，许多，但翻读岁月却发现，年轻的岁月是那么温馨、那么甜蜜……

那时想你，想成了瘦月一弯，我用我宁静的光辉默默照耀着大漠、荒原……最是你那一低头的温柔像一朵水莲花，不胜凉风的娇羞。想你想成了瘦月一弯，对着秋霜，对着冬雪，对着迢迢银河上虚无的鹊桥，我痴痴用思念的源泉滋润着爱的幼苗。试问思念都几许？一川烟草，满城风絮，梅子黄时雨。下雨的时候，隔着雨想你，重重雨帘，模糊了我浸泪的双眼。静听着雨想你，沥沥雨声，扰乱了我原本无头的思绪。我把思念交给雨季，让它溢成一条相思河，无声地绕过羞涩的山峦，越过寂寞的田野，顺着悠长的阡陌，蜿蜿蜒蜒地伸向你关掩的窗口。

那时写你，一遍遍地用心画着你的名字，不知脚下这方土地能否读懂我的心语？常常拼写你的大名，领悟其中的含义，时时重温在痴痴的心中。我望着你的影子，我谛听你的心音。我书写着你的名字，用我的手指，用我的心血，用我时而迷惘但依旧坚定的眼神！

那时全身心读你，捧读你，便步入了一个奇异的境界。那里有永恒的春天，有盛开的花朵，那里流传着一个个美丽的故事，即使有的故事只能有一个凄美的结局。

那时，想你写你读你却又怕见你。你是清新无瑕的黎明，嫣然一笑足以使我千军万马惶惶然神销魂荡。在你灿烂的光辉中，我自惭形秽；在你美丽的亮眸中，我语无伦次，如丢了音符的乐章。只因为心中有了你，我便不再是自己。

纯洁的初恋感觉犹如一朵含苞待放的花蕾，含一分喜悦，现二分惆怅，露三分娇羞，蕴四分诱惑，藏五分激情，带六分遐想，存七分希望，流八分眼泪，没九分把握，仍十分浪漫。

浪漫、温馨、甜蜜的初恋感觉哟……

品读爱情

几经爱情的波折，我便成了一个吟咏风花雪月的纯情诗人。曾无数次在静谧的夜晚茕茕而立，舔舐自己流血的伤口。“上邪！我欲与君相知……”的诗句，早已成为一种历史的沉淀，成为天外之声的回响，显得那么苍茫而遥远……

总是默默捡拾曾奢侈拥有过的朦胧的星光，还有那少女蓝色碎花裙上清凉的夏季，于是在长长的日子里，把记忆彩石滩上的石子一颗颗流成热泪。“不要畏惧人生的真相。”在这样的日子里，孤独的尼采是我精神上的唯一支柱。无数次，在静夜听花开的声音中，在婆娑的泪眼中，我忆起了金庸笔下踽踽独行于情感边缘为了爱情最终走向大火的女魔头李莫愁。在火花一闪的刹那，我仿佛看见了她一路踏歌而去的低吟：问世间情为何物，直教人生死相许……

是啊，问世间情为何物？记得在一个漫天飞雪的日子里，我半开玩笑的一句话使一位女孩冒着风雪站了几乎两个小时，而我热情追求的一位女孩不经意的一句话又让我在一个蚊虫肆虐的夏日黄昏，毫无结果却充满幻想地受了半天煎熬。你站在桥上看风景，看风景的人却在楼上看你。爱与被爱其实是一对矛盾体，爱情的伟大魅力就在于你想得到的往往与你失之交臂，你未曾刻意追求的却常常不期而遇。

香港的“爱情天后”张小娴说：“世界上最遥远的距离，不是生与死的距离，不是天各一方，而是我就站在你面前，你却不知我爱你！”是啊，被人爱是一种幸福，而爱别人却是充满烦恼的喜悦。因为在很多时候你必须去涨红着脸，勾着头，揉搓着衣角，涩涩地、感情真挚地对你在心中呼唤了无数次、现在就站在你对面的她说出那三个字。女人通常将爱情视为比生命更重要的东西，如果说女人是一棵木棉树，那么爱情就是使这棵木棉树长青的生命之水，而那三个字正是生命之水的源泉所在。

面对爱情，一些人知难而进，一些人稍阻即退。知难而进的未必可成佳偶，稍阻即退的未必寡情，婚姻的悲欢离合就在这进退之间拉开了序幕。而有些人在爱情选择上的错误，并不是找错了对象，而是从一开始就没弄明白，在选择爱情的同时也就选择了一种生活方式，后者才是爱情的真正本质。

今天，物欲横流，爱情好像已没有了深刻的意蕴，没有了品读它时需要的一种心情。或许浪漫、颓废，

“好像在用眼睛吃冰激凌……”对现代爱情作了最好的诠释，但这种爱情看起来很舒服，可转眼就会忘掉……更甚的是，“爱情”已是林夕笔下、那英嘴里的《出卖》：感情像个闹钟，按一下就停。

噫，面对爱情，微斯人，吾谁与归？

爱要说出口

床头乳白色的塑料罩中有一把银灰色的口琴。此时，我没有心情去碰它。我直挺挺地坐于桌前，任泪水溢满了我的眼眶，轻轻一闭眼，痛苦地任它们滑落，重重地摔下。就在今天，我曾苦苦相恋的女友用轻轻的声音给了我重重的打击：不可能了，如果有缘来生吧……话筒犹如中弹的鸟儿，从手中直直地跌了下来，摔得粉碎。木头般愣了好半天，我才用双手揪住自己的头发，悲恸地叫道："阿琴，给我一个表白的机会吧！"

阿琴是我用热情爱了 1095 天的女友。在四月万物勃发的母校，我遇见了盛开的她。当时，她去参加自考，共同的理想使我们很快成了好友。在她临走的夜晚，我们促膝坐在学校操场的草坪上默默无语。淡淡月光越发使人愁肠百结，让人切身体会到诗人江淹诗句"黯然销魂者，唯别而已矣"的分量。吹一支曲子吧，她打破了沉默。我摸出口琴一遍又一遍在心里深情吟唱：你知不知道思念一个人的滋味，就像喝了一杯冰凉的水，然后用很长很长的时间，流成一颗颗热泪……

时间可以磨灭一切，但我知道却不能冲淡消磨我们之间的友情。分别的日子里，我们鸿雁传书，一旦她的信迟到了半天，我便会烦躁不安，魂不守舍，会惆怅地注意到屋角又结了一个蜘蛛网。我明白了，阿琴已经深深地走进了我的内心世界并且占据了我的整个心房。

可我不敢表白，因为我还是一个尚不能自食其力的学生，一无所有，而她却是一名小学教师了。我单薄的双肩根本无力扛起现实中活生生的爱情。爱情是风花雪月，婚姻是柴米油盐啊！我只有把这份感情深深地埋进心灵的地壳中，化作奋发拼搏的动力。

整整三年，每一个月光淡淡夜色缥缈的夜晚，我的梦都会翔过她的枕际，蕴藏心底的爱犹如炽热的岩浆，一触即发，但我努力回避自己的感情。好多次，她哀怨地说自己孤独得像一个修女，为了心中的神灵，虔诚地守候模糊的希望。我无言，只是拼命地学习以期找到一份好的工作，用剩下的时间好好地陪她，对她说一千个我爱你，一万个我爱你。

我终于如愿，爱的天堑终于在今天让我跨越。我用颤抖的手指拨通了电话，那头一片沉默，接着是幽幽的抽泣声。我想，她一定是欣喜万分，用眼泪表示她的激动。但我错了。她停了好半天，无限哀怨地说，她已接受了一个很有耐心的男孩子的爱。他唯一比我出色的是——勇敢地拥住她说了声：我爱你。但这对她来说已经足够了……

男儿有泪不轻弹。曾经有人离我而去，我没有哭；曾经五彩的梦想被无情的现实击成齑粉，我没有哭，但这一夜我却泪如泉涌。我恨自己的懦弱、自己的胆怯，我诚心诚意地在春天里付出，在金黄的秋天收获的却是苦果，仅仅因为迟到的三个字——我爱你！我的伤刻骨铭心却无处寄存，因为我忘记一个基本的爱情定律：爱有时必须说出口。

这一夜，我泪流满面。

悠悠大学情

在人生的旅途中，大学生活可谓斑斓绚丽而异彩纷呈了，它充满着理想的希冀，也充满着梦幻的诱惑，它是那么让人铭心刻骨，那里有着那么多的爱和恨、笑和泪、悲与喜。默默拾起生活的每一片段，每一个褶皱里都盛满了耐人寻味的心灵悸动。

如果让我用最简洁的语言总结一下三年的大学生活：活过，爱过，写过。

活　过

1998年秋天，当我蜷伏在麦田驮着火辣辣的日头手握镰刀挥汗如雨的时候，一纸大学录取通知书送到了我手中。我没有笑，因为我没有考入理想的大学。现实决定了我不可能背负行囊再次踏上考场，我心中摇曳的一心向往的象牙塔的影子只能永远地出现在梦中了。

初入母校，我的心不禁一颤。母校太平凡了，甚至与最坏的想象还相去甚远。几十年的风雨坎坷在母校的额上只沉淀下了两个字：质朴。我于是试着解读母校，试着去学会面对，面对大千世界里平凡的一切。终于，我懂了：平凡就是磨砺，在平凡中经得起磨砺才是打开创造之门的钥匙。终于我懂了，枕着祁连余脉，听着黑水涛声，外貌年轻质朴的母校，内蕴其实丰富得很。她犹如一部古书，读后方惊叹其内容之厚重。她的学子甘于淡泊而明智，耐住寂寞而致远，他们用自己的青春撑起一片洁净的天空，有声有色地耕耘。

走入母校深处，我知道了我的渺小，面对一个个使我敬仰的校友、崇敬的教授，我立志要让我的青春透出亮色。

三年了，忘不了自己在校园那条绿荫小道上徘徊过，忘不了自己在浩瀚的书海中徜徉过，忘不了老教授的谈笑如一缕天外来风从我浅薄的灵魂上一次次拂过，忘不了与“阿哥”“九妹”的促膝长谈，一起哭过一起笑过。

我们是幸运的。我们怀着真挚的祝福参加了母校二十岁的生日庆典，我们手挽着手与母校共同聆听了新世界的钟声，我们手持着鲜花送走了师专人的回忆，迎来了学院人的期望与梦想。

如今，立于六月的晚风中向母校挥手作别，我只有一句话：老去的只是岁月，年轻的永远是回忆！

爱 过

大学校园的爱，很多人都说像雾像雨又像风，可我觉得爱像一枚有生命的钉子，钉进了心里就长住了，再也拔不出来，尽管我不切实际的幻想很快在与世俗的碰撞中撞得粉碎，尽管我最后送到唇边的是一枚青涩的果实。

和燕子相识并没有一个罗曼蒂克的过程。我们本来就是一个班的。更巧的是我们在一个阳光明媚的下午上课坐在了一起，当时，我正处于刚度过一年级进入懵懵懂懂的二年级的“黄金时期”，我朦朦胧胧接受了现实主义，并很快成了一名追随者。不久，我便发现自己处于一种极端孤立的状态——如果燕子不来的话，我的座位旁边肯定空着，绝没有一个“第三者”会插足。

燕子温柔善良活泼。和她在一起的时候我的每一个感觉细胞都会被调动活跃起来，一向话不多的我在她的面前却非常健谈，只要她乐意听，我的嘴巴绝不会停下来。我喜欢燕子噘着小嘴巴装着生气的样子，我喜欢燕子在我逗她时用花蕾般的拳头雨点般打我后背的感觉，我喜欢燕子背对我双手捂着脸哭泣时肩膀一耸一耸的样子。燕子，她的娇弱让我有了高大的感觉。面对燕子，我情愿用我不太结实宽厚的肩膀筑成一堵墙，为她遮挡住四面的来风。拥有燕子的日子，我过得很是开心，天，总是那么高那么蓝；草，总是那么嫩那么绿。对燕子的爱，我是发自内心的，没有任何庸俗的想法。我每天用童话般的幻想构筑我们理想的伊甸园。我喜欢她娇俏的容貌，如同喜欢一朵美丽的花朵，一片彩色的云，她们都是大自然的杰作。燕子代表一种境界，当我的精神达到这种境界，我就会从烦琐庸俗的日常生活中得到升华。

有人说恋爱中的人智商最低，的确这样，当不曾想到的事情发生后，我总是用最美好的设想来安慰自己。燕子变了，她一袭蓝底白花裙在争芳吐艳的夏日里显得婀娜多姿，她银铃般的笑声在淡淡的秋日里显得那样清脆，我却没有发现这么多。我只看到她每天仍歪着头像只可爱的小鹿趴在桌子上看我嘴唇上下翕动，专注地听我神侃。我自信地想把我的理想植进她的心田，因为我始终固执地认为精神对一个人的价值观念转变应是更深刻的，但是我错了。

那天，我从校外做家教回来，正巧碰上燕子和一个裤腰四周插满了 BP 机的家伙挽着手肩并肩走出了校门。燕子看到呆若木鸡的我，甩开那人跑了过来，说了声对不起之后，双手捂着脸踉跄地跑向宿舍。泪无声地滑下来，咸咸的，我自认为崇高的柏拉图式的精神恋爱在与现实较量中甚至没有拉开序幕便很快草草收场。小鸟依人的燕子最终像燕子般飞走了。

曾经是那么苦苦相恋。那么痴痴地迷醉，那么笃信爱的绚丽与辉煌，那么憧憬两个人可以在一起痛饮爱的醇酿……然而结果，却是这样的不可预知！我不怨燕子，或许一开始我们就像是两个追求不同的陌生人硬是挤到了一条道上，或许在我的视线外她能更自由地飞翔。

爱别人，好苦好苦……如果爱是苦涩的，那么人为什么还在追求呢？——人生本来就充满了矛盾，爱情又何尝不是呢？

写　过

我热爱质朴的生活，淡泊的人生，缘于此，我一直在坚持写作。尽管脆弱常伴孤身，我仍义无反顾地把自己无家可归的思想放在文字的田埂间，唯一的愿望就是能够洗涤在纷纭世俗中我情感上堆积的污垢，拥有一个纯洁的灵魂。

写作的日子苦乐并存。苦的是有时候拿起笔想说什么却又陷入一种话语的困境，冥思苦想半天却不着一字。乐的是有时候拿起笔就能一泻千里，之后身心轻松，自斟一杯热气腾腾浓酽的茶水，其乐无穷！

我的朋友，如果你想耐得住孤独寂寞，那就提起笔来吧；如果你不想变得俗不可耐想活出生命的独特光彩，那就千万别放下手中的笔。

别了，我的大学生活！

别了，我们一起成长走过的朋友！

难忘丰乐中学

如果说在大学埋下了我的理想，那么大学毕业后职业人生的第一站——丰乐中学就承载起了我理想的风帆。

清晰地记得，那是 2001 年 9 月 3 日，我到丰乐中学开始任教。通知报到的时间是 9 月 1 日，但那几天秋雨瓢泼，一直参加抢收的我浑身酸痛，赶上下雨天，难得有这样的休息机会，就在家多赖了几天。到 9 月 3 日大雨初霁后，我在泥泞中来到了学校。教室、学生宿舍、教职工宿舍都是新建的红砖瓦房，教室前后、宿舍左右都种植了花卉，大多是生命力极强的菊花，黄灿灿的一片，蜂嗡蝶舞，香飘阵阵。

校长对迟到的我还算是宽容，没有多加指责，就带我挨个办公室去认识其他的老师。当时甭提我有多紧张了，我就是从这个学校走出去的，对许多老师至今还惧怕不已，现在却要握手称同事。我跟在校长的后面，腼腆地、僵硬地微笑着和老师逐个握手。校长不停地给我介绍，这是某老师，那个是某老师，我机械地应着，一圈下来，哪个是哪个我一个都没有记住，真是枉费了校长的口舌。

随着最后一节下课铃声的响起，问题出现了，我没有餐具，只好去向一位老师求救。那位老师也没有多余的碗，就随手递给我一个盆，一个比碗大好多的盆。可以想象，第一天上班，就拿这么个大东西去吃饭的我该有多么难为情。

始终记得我第一次粉墨登场的那节课。当我推开教室的门，接受学生们纯洁目光检阅的那一刻，我感到了神圣和庄严。走上讲台，我努力朝下看着我的学生，但由于紧张，我没有办法直视学生的眼睛。“很高兴能做你们的老师，我相信凭借各位同学的聪明才智和我的不懈努力，我们一定会取得更好的成绩。同学们有没有信心？”

“有！”同学们洪亮地回答一声。这时我看到有的同学笑了，或许是因为我的一本正经，或许是因为意想不到的高声回答，不过，在这片笑声中，我彻底放松了紧张的情绪。学生们严肃认真、对我充满尊敬的神情，让我感到我就像一个成熟的舵手在指挥和操纵着大船向前方行驶。

“下面，请同学们自我介绍一下，让老师认识认识你们。”我的提议让严肃的课堂氛围顿时活跃了起来。学生们的穿着虽不光鲜却整洁干净，他们那如泥土般醇厚的话语，如露水般清澈的眼眸，如含羞草般的神情，映照出了农村孩子的朴实敦厚。很快，一节课结束了，在我走出教室门的时候，我听到了学生们欢快的笑声。

我曾经在一次教职工全体会上说，我感谢这些学生，他们是我成长的试验田，是他们奠定了我成长的第一道基石。是的，不论什么时候，我都感谢他们，是他们的真挚、淳朴使我能够在课堂上轻松自如、从容应对，是他们的宽容与支持历练了我、培养了我！

“每天没有抬头看天的时间”。用这句话形容我当时的情况，没有半点夸张。学校对新老师的培养抓得紧，刚上了几节课，语文学科组的老师就开始听课。一般做法是不提前通知你，等到你踏着上课的铃声冲到讲台上的时候，才发现教室后面正襟危坐着几个老师，个个表情严肃刻板。如果你备课不充分的话，当时就会热汗直冒，嘴巴不听大脑指挥。好在我的勤奋刻苦帮我渡过了难关，经受住了突袭检查。因为当时我对教材和学生都很生疏，更没有教学经验，常常备课至深夜一两点钟，经过这样的准备，我踏进教室发现听课老师也不会惊慌，课堂预先设计内容就会进行得很流畅。

记忆最深刻的是评课。根据学校对新老师的培养计划，在开学四五周后新老师要上亮相课，全校的老师不分科别都要去听课，然后在当天晚上召开大会进行集中评议。我是在开学第四周接受的检验。由于前一天还在带领学生为冬天取暖抹煤，大家预习得不太充分，但这节课的主要环节进行得还算顺利。在全校教职工的评课大会上，肯定多于批评，我心里也还是有所慰藉。有与我同时分配来的老师虽然课前准备充分，但由于怯场以及教学语言组织和教学方法等方面的原因，在讲述过程中出现了一些问题，这些问题就成了批评的重点。在评课过程中，三十多位老师把这些失误给你剖析得底朝天，让人如坐针毡。个别女老师，由于亮相课被说得几乎一无是处，当众就哭了鼻子。后来，我们新老师顺利成长起来的时候，回想当初不近人情的评课，还是觉得从中受益良多，这也得感谢学校评课风气的纯正。听说有的学校的评课几乎没有老师发言，发言也是好人哲学，不痛不痒，这固然保全了上课老师的面子，但却不利于这位老师教学水平的提高。我对学校的这种加压式培养始终心存感激，正是有了这种良好的培养方式，才使得我们新老师迅速成长起来。正如一句话所说，上天赐给你荒野时，意味着要你成为高飞的鹰！

一年半后，我工作发生变动，恋恋不舍地离开了丰乐中学，离开了我深深爱着的教育事业。灵魂需要一片适合的土壤，播耕于其上，人生才能华彩灿然。

在离开丰乐中学的日子里，我常常不知我的灵魂播耕的土壤在哪里，我常常会跌入一种无以名状的寂寞和失落，惆怅与忧伤不知发自哪里。

难忘啊，我的丰乐中学，可是，又岂一句“难忘”了得？

苦乐话自考

2004 年 4 月 18 日，当我走出自考考场时，一阵从没有过的轻松与惬意笼罩了全身。

我把书本抛向了天空，180 个日日夜夜的辛酸苦辣随之烟消云散。4 月的阳光温暖了我如释重负的心，让我全身的每一个毛孔都倍感舒畅。我嗅到了春的甜美气息，那是一种令人兴奋、憧憬的力量。浑然不觉，春天早已来到了身边，而我却还是第一次真真切切地捕捉到春天轻盈的脚步声。半年磨一剑呀，所有的辛劳付出终于在今天可暂以告慰了。

我是一名已经具有四年考龄的自考生，四年的自考路让我的意志和人生得到了极大的历练。尽管我走得很辛苦，但我依然无怨无悔地上下求索。相传宙斯送给潘多拉一个魔盒，潘多拉打开魔盒，一不小心放出了战争、嫉妒、痛苦、失望……却只把希望留在了盒子当中，所以人类在生活中便不可避免地遭遇了一切灾难的洗礼，但仍在顽强地活着，因为那令人百般渴求的——希望还存在。我从来不怀疑这个故事的真实性，我甚至至死不渝地相信，现实就是如此，这源于我的心结——自考！

参加自学考试，我相信是一段我终生难以忘怀的经历。师专毕业后，对知识的渴求和对更高学历的追求让我义无反顾地踏上了自考的“不归路”。

凄苦的岁月开始了，面对着厚厚的一本书，我像一条不知疲倦的书虫，伴着清苦孤寂的灯光，将书本啃得苦苦甜甜。我每天“哗啦哗啦”地把辛苦和枯燥，翻过来又翻过去，在练习、记忆、理解、应用的田地上精耕细作，活似一头老黄牛。

虽然过得很累，但心里却很充实。著名学者王国维在《人间词话》中引用宋代词人晏殊、柳永、辛弃疾的名句来论述治学的三种境界：“昨夜西风凋碧树，独上高楼，望尽天涯路”；“衣带渐宽终不悔，为伊消得人憔悴”；“众里寻他千百度，蓦然回首，那人却在灯火阑珊处”。其实，这不仅仅是治学之道，更是一种学海求索者心路历程的真实写照，而跋涉于自学考试这条荆棘丛生的路途时，这种体悟尤为深刻。当面对一门全新的学科时，一切都得从头开始，没有老师，只有靠自己黑天黑地的摸索。有时感觉自己像和大风车作战的堂吉诃德那样得不偿失；有时却又莫名其妙地生发出一种“众人皆醉我独醒”傲视众生的伟大孤独感……

当我凿破困惑的铁屋，理解的阳光照射进来时，我仿佛一下子进入了一座五彩缤纷的花园，俯仰皆是美丽的花瓣；当在考场上横枪立马，左奔右突，所向披靡时，酣畅淋漓之感犹如乘千里快哉之风，其喜洋洋者，更与何人说！

在自考的人群中，我并不是一名佼佼者。在学习与工作的时间冲突中，在懒惰与勤奋的较量中，在亲情与自我隔绝的矛盾中，太多的苦，使我与人交谈时忌讳提自考。四年时间，十三层（按考试计划共考十三门课）的大楼，我起早摸黑忙里偷闲用块砖片瓦辛辛苦苦只盖起了八层。但我从不言后悔，因为每次成功之后，那关不住的往外流的快乐和对人生进一步的痛彻感悟唯有自己最能够体会。虽然知识不一定能绝对改变命运，但自考却在不经意中改变了我的生活，使我在人生的道路上走得更充实更稳重。我要感激艰难的自考生活，在一次次向极限的挑战中，我找到人生的真谛：只要付出努力，就会获得成功；只要选择了理想，人生就会充满希望。

解读昌耀

无词的言语是一种表达的困境，是话语与经验之间的悖逆。不知有多久，我陷于一种失语症状，直到有一天我读到昌耀，陡然间鼻子一酸，为我，也为诗人。

我踽踽向旷野走去，走向心灵的栖息处，权、钱、色交织着的城市对于我，总是过于喧嚣嘈杂。无垠广袤的空旷中，偶尔一只孤独的秃鹰在天空中悲愤盘旋。面对裸露的原始的风，我感到一种解脱与慰藉，我感到我和诗人的灵魂很真实地靠在了一起。

他“水手的身条如兀悠远在邃古”，一顶“德国式窄边呢帽”，用一件质料平平的棉布夹克为自己做了简单的包装。两手呢，随意插在裤兜，眼神透出孤傲，随后又略带忧郁。该去的地方都踏遍了，该尝的甘甜也都尝遍了，这位宗教世界之外的精神圣徒，贫寒与苦难将他引入高贵的殿堂。在西宁一座破败的危楼中，在无人注视的寂静角落，他焚膏继晷地倾吐心曲。

自古贫穷、孤寂注定与文人相伴，但同时有一条颠扑不破的真理：贫穷、孤寂和伟大相伴。昌耀是贫穷的，一碗羊肉泡馍足以使他欣慰。为了活着，他离家出走了，他踽踽独行如“荒原之狼”，在每一个如血的黄昏，舔舐自己滴血的伤口，带有高原牛羊气息的文字便大珠小珠玲珑般洒落下来。苦难造就了诗人另一种富有。柴米油盐生活中的诗人是尴尬的，一方面，他承受着生存的重压，一方面却又时时从繁复的日常劳作中脱身出来，放逐自己的精神，面对灵魂，进行沉思与拷问，像“号叫的水手”用博爱去融化生活中的冬天、思想中的冬天。

昌耀是孤寂的。贫穷使诗人孤寂，而孤寂恰恰对于一位天才的诗人是重要的。我们忘不了易卜生的伟大预言：“世界上最有力量的人，正是最孤独的人。”是的，昌耀——一个步行在上帝沙盘上的挑战者，正是孤寂使他的自我精神与思考力高度集中，使诗人从人世的混乱与污浊中挣脱出来，进入清纯与纯净，所以，他的诗不受尘世的束缚，超凡、脱俗，他骨子里的清新，让人折服。

昌耀是伟大的。面对贫穷与孤寂，他相信“大雪的日子不过是平凡的日子”。他大口地咀嚼着羊肉泡馍，品味着对自然的爱、对人性的赞、对理性的叹。在一块离天空最近的地方，诗人把青铜号角的悲鸣、宗教信徒嘹亮的诵经声，还有老人们深邃的目光，在一卷羊皮书上徐徐展现。他的诗如同大昭寺里的酥油灯，跨越时空，照亮天边地角的每个心灵。

呜呼，如今他皓首呕血歌颂过的大山依旧，诗人却在孤寂中走了，但我们相信不走的是他的灵魂。

昌耀与西部同在！

生命中永远的站台

人生一世，一路风尘，经过许许多多的站台是必然的事。有的站台，因离别而流露出惆怅；有的站台，因团聚而见证了喜悦。

我在这趟人生列车上，经过的许多站台皆如车窗外的风景，在记忆中飞闪而过。只有母校张掖师专，却是我永远难以忘记的生命驿站。

二十年前，拎着简单的几件行李，怀揣着不甘，一身粗布衣裳的我走进了母校。校园内树木葱茏，绿草茵茵，可是放眼几幢被岁月侵蚀而尽显斑驳的教学楼，一丝空怀壮志的悲凉还是袭上了我的心头。

尽管我从小学到高中每次考试都名列前茅，可面临高考失利，我又怎能不顾父母的苍老和劳累，执意去选择复读来年再考呢？我只有学会去接纳师专，尝试着走进她的内心世界，细细审视她的品行修为，慢慢解读她的精神内涵。

三年学习生活结束、背起行囊离别之时，我回首凝望校园，竟感觉自己像一片秋天的落叶，是那么难以割舍母校这棵生命之树，是那么因无限依恋而感到离别的痛苦。

现在我还时常做一个梦，梦里窗明几净，书声琅琅，一个目光清澈的青年手不释书，满身书卷之气，与李白共邀明月，同曹操对酒当歌，神游天地之外；梦里晨曦微明，朝荷含露，一个个青涩的面庞，或独处一隅喃喃背诵着什么，或挥着汗水跑步，给青春留下一个潇洒的背影；梦里器乐悠扬，婉转的笛声如绵绵私语，咚咚的架子鼓仿佛秋雨飒飒飘落，拉着手风琴的同学，忘情地唱出对生活的无限热爱……

离开母校这么多年，我才发现对母校的留恋是如此深沉，留恋同学间的欢声笑语，留恋老师的谆谆教导，留恋三年的蹉跎岁月，留恋青春年少的全部记忆。

我曾无数次企盼能够在梦中走进向往的象牙塔，可梦中挥之不去的依旧是师专学习生活的场景。毫无疑问，我的青春与师专已经深深相融。参与集体活动中疲惫的脚步，社团活动中展现的风采，志愿活动中奉献的一份力量，都是母校给我的青春年华留下的最美风景。学习的紧张，让我感到内心的充实；生活的艰苦，让我品尝到奋斗的甘甜；珍贵的师生同学情，让我悟出人生的美好和生命的可贵。这些都已经成为我人生一笔宝贵的精神财富。

母校给我的不仅仅是知识，更是一种拼搏进取精神；不仅教会我如何求知，更教会了我如何做人。师专人的坚守、诚信、善良，师专人的仁爱、节制、谦卑，以及执着、正义……像明灯一样照亮我的心，时时启示我自省自察，不敢懈怠。

“学高人之师，身正人之范”是母校立说立行的内涵品格。我不断从中汲取力量，懂得了要坚持上下求知，把职业看成事业默默去坚守，在平凡中彰显价值；学会了要坚持操守，将自己作为一面镜子勤加拂拭，始终做到正人先正己。这种影响一直沉淀在我的血脉之中，日久不息地滋养着我生命的根基。

走出师专，我站上了一所乡村中学的讲台，静心做一名园丁，为一块块干涸的心田浇灌理想的雨露。四年后，我自考拿到了本科学历，没有自傲，也没有自满，我继续像一支蜡炬，辛勤地去燃烧自己。虽只知耕耘，可还是有了收获。我被选调进入县政府办公室，从秘书工作开始，加班加点，夙夜为公，又先后转任多个岗位。无论是为人梯，还是为公仆，我都淡泊明志，严于律己，认真践行甘于平凡、辛勤奉献的师专人精神，将脚下的每一步路都走得扎实稳健。

现在想来，是母校给予我的养分全部融进了我的生命，伴随着我走过人生路程，我从中获得了一种追求，一股力量，渐渐地汇成一个精神支柱，支持鼓励着我笑对难苦，坚守平淡，默默耕耘。

我知道，不论光阴如何流转，母校将永远珍藏在我记忆深处，如一枝腊梅花，历久弥香……

理发琐记

眼睛不好之后，理发是让我头疼的事之一。

眼睛没毛病时，最爱做的事中就有理发。寻一窗明几净、盛满阳光的发屋，轻松惬意地躺在转椅中，任凭理发师在头上十指轻揉，反复摩挲，用芳香的洗发液将头发清洁干净，再坐回镜前，闭目小憩，一任剪刀上下翻飞，推子嗡嗡疾驰，不大工夫，理尽三千烦恼丝，剪一地旧日纠缠鬓，只惬意乱地纷纷凭尔去，哪管是曾经妩媚映鲜妍。等走出发屋，整个人神清气爽，气吞万里如虎。

可就这么让人喜欢的事，却因为眼睛的不便而留下了心理阴影。那次，我看到新开张了一家发屋，遂兴冲冲推门而入。

理发的妹子正忙得不可开交，也没发现我与常人有什么不同，便安排我先到里间去洗头。我心里开始发怵，硬着头皮朝里走，果然里间光线昏暗，管状的视野加上明暗场景急速转换，让我根本无法辨别室内的陈设。

正暗自胆战，忽听身后有人招呼："躺上去，给你洗发。"我嘴里"嗯嗯"答应着，却窘得无地自容，像是刘姥姥进了大观园，根本不知道应往哪儿挪步。

看我没有反应，洗发的妹子再次催促："过来啊！"

我寻声小心挪步向前，恰如婴儿般蹒跚学步，每迈出小小一步，都像是迈向正在屠戮的刑场，正在这时我的裤管挨到了像是椅子的东西，我顺手抓过去，是躺椅的扶手，暗自庆幸的同时却又犯了难，因为不知道从哪一面可以坐进去，当着妹子的面又不好用手去摸，恰时妹子再次催促，我只好从椅子扶手上面直接坐下去，顺势张开两手探触到躺椅的摆放方向，哪想旁边的妹子发出惊叫："你怎么从这儿坐？不会坐椅子吗？"叫声引得人们都向我这面张望，有人还笑出了声。

我嗫嚅着自我解嘲："这样不可以吗？！"我的语言一定苍白无力，因为那一刻我只记得整个脸发烧滚烫。作为一个只有二十来岁、从心底还不愿意承认自己与其他人不一样的小伙子来说，我竟感觉自己就像是被甩在沙滩上的一尾鱼，任骄阳炙烤窒息却无力回天。

从那以后，我对理发心生怯意，加上这个时期，社会上风靡泰式洗发，发廊设施花样冗杂，更是让我望而生畏，再也不敢一个人踏进理发店的门。有家人的陪伴，虽然洗发理发都很顺利，可有的理发师看到我表现出的与年龄、穿着不相称的盲态，经常发出如同发现新大陆般的大呼小叫，还有猎奇式的盘问，常常让我和家人感到别扭，我不想成为鲁迅笔下的祥林嫂，一遍遍去说阿毛的不幸。

就在这种万般纠结又不得不面对的尴尬处境中，我的视力一年不如一年，遇到的异样目光越来越多，戳开心中疮疤的次数也日益增加。直到我走进邻街一个叫新梦瑶的理发店。

刚推开门，一个年轻的声音便迎上来："您要理发吗？"

我嗯了一声，心里像往常一样莫名开始紧张。"那先到这边来洗一下。"我分不清楚她说的这边究竟指哪里，不知道这会儿她是在注视我呢，还是已经走到洗发面盆的旁边。

好在妻子抓住我的胳膊，示意我往里走。

旁边有两个电推子不时发出"刺啦"声，很明显有两个人正在理发。我不想成为理发店的焦点，推开妻子的手，装作很随意的样子，大咧咧朝前走，心中可是叫苦不迭，不知道在那个未知的"这边"，我是否能够顺利找到要坐的地方。

正在我忐忑不安时，两只手一上一下牵住了我的右胳膊，那个轻柔的声音传入我耳朵："这边来坐。"

根据我胳膊受力方向判断，扶我的女生来自前方，个头比我稍矮一些，她应是在前面带路，回头招呼时发现了我的不便。看来这次不能掩饰过去了，接下来我的隐私又要被无情地揭开。

洗发中，我像警犬一样高度警惕，但是没有听到她的询问。

洗发完毕，她又很自然牵起我的胳膊，把我带到了理发椅前坐下，细心地为我系好围布，站在我的身后，用两手将我的头微微扶正了一下，然后左手持梳子，右手操起剪刀，很熟稔地从我的脖颈处“咔嚓、咔嚓”剪起来。

一簇簇碎发落在围布上，似冬日忘情扑向大地母亲的雪花。时而，她放下剪刀，打开电推子，从下到上，从两边到中间，让电推子在我的头上畅快地游弋。

我闭目端坐镜前，听着“簌簌”的轻响，等待她突然张口惊异的询问，然后我一层层揭开伤疤给她展示……

可是她好像忘记了我刚才的与众不同，只是很专注地一下一下帮我理着。

忽然，我听到询问，“您看这样可以了吗？”不过声音是朝着我的身后。“嗯，可以！”坐在我身后沙发上的妻子表示认可。

“那好了。您先不要动，我给您清理一下。”说着，她手脚利索地为我扫去落在脖间的碎发，卷开我身上的围布。我站起来，抖抖衣服，一只纤细的手又抓着我的胳膊，引领我走到椅子旁边宽敞处。妻子付了钱，挽起我出了门。身后传来那个轻柔的声音："你们慢走。"

后来，我就成了这家理发店的常客，那个理发师一直没有询问我的眼睛，依然对我照顾得体贴入微。妻子也非常乐意带我到这里来，因为我们都喜欢那个从一开始见到我就不像发现新大陆似的理发师。

阅读，我黑夜中的北斗

曾经，每一个认识我的人都为我的不幸唏嘘不已。我大学毕业后，先是在一个乡下中学当老师，两年后通过考试进入了政府机关，成为了县政府领导秘书中最年轻的一位。正当我工作干得风生水起的时候，视力却急转直下，被诊断罹患眼病，不得不离开了令同学朋友艳羡的工作岗位。我能战胜突然而至的巨大落差吗？这是每一个关心我的人当时心中最大的疑问。

现在，我用实际行动交出的答案，让每个人欣慰。调至县政协办公室这个全新的工作岗位上后，我勤奋钻研，县政协常委会每年的工作报告、县政协主席讲话、市县交流发言等重要材料，全部由我负责起草撰写；甘肃省政协《民主协商报》、市委党报《张掖日报》特聘我为通讯员，省政协连续5年表彰我为优秀通讯员，每年在国家、省和市主流报刊刊发调研文章、宣传信息各达20篇以上；我有近10篇文学作品在全国和省市各类征文比赛中获奖，被市作协接纳为会员；我积极建言献策，认真履行委员职责，仅一年就被评为优秀政协委员，受到表彰；撰写的提案紧扣民生，被列为重点提案，由县政协主席亲自领衔督办；连续四年被县委组织部确定为公务员考核优秀等次，记三等功一次……

如何在病魔面前顺利战胜自我？如何实现从一个风华正茂的健全人到残疾人的平稳着陆？怎样突破黑暗的世界取得这样的成绩？我给出的答案就是阅读。读书是最有力的拐杖，正是阅读各类中外名著，才让我坚定了的生活信心、丰富了生活情趣；正是坚持阅读行业各类文件书刊，我工作才得心应手、紧贴时代脉搏，始终保持最鲜活的思想，有力地指导工作实践。

刚开始，我对自己这种眼病的危害不以为然，仍是毫不懈怠，每天看着电脑，处理各项工作。当屏幕上的字逐渐变得模糊、直到分辨不清时，我面临着无法正常工作的压力和困境，这使我陷入了痛苦的深渊，脾气变得暴躁，不愿意接触任何人。在与痛苦博弈的日日夜夜，我苦苦思索，是在苦痛中沉沦，还是在困境中重生？

这时，贤惠的妻子勇敢地和我站在一起，成为我看电脑的“眼睛”。她找来各类励志书籍读给我听。海伦·凯勒的《假如给我三天光明》、张海迪自传体小说《轮椅上的梦》、人民日报的文章《杨佳——走向世界的光明使者》、史铁生的生命体验散文《病隙碎笔》等作品，就是妻子给我一句句读完的。听着主人公命运的跌宕起伏和对克服困难的坚强信念，我深受感染和启发，慢慢地从痛苦中走了出来。“既然无法成为光明世界中的弄潮儿，就做一名黑夜中的探路者，如此更显生命的精彩”，这是我听了妻子读书后的最大感悟。

阅读让我找到了精神的支柱，选择了坚强，重新出发。我改变了对残疾的看法，重新燃起了对美好生活的憧憬。为了克服工作上阅读学习的不便，及时用发展的科学理论和最新的会议精神武装头脑，确保工作不掉队，不断提升认知能力和写作水平，妻子将我带回家中的报刊书籍上的标题，逐个读给我听，然后披沙拣金般地找到重要的内容，再详细地读给我。经过这样不懈的努力，我的工作质量竟然没有半点下降，反而撰写出了更多更具前瞻性、指导性的文字材料，转化为县政协工作举措，推动了工作的开展，得到县政协领导的充分肯定和多次表扬。

一个偶然的机会，我知道了电脑读屏软件，于是克服工作紧张和毫无电脑软件知识等困难，丢开鼠标，摸索键盘，自学了起来。功夫不负有心人，我从使用读屏软件的门外汉变成了行家里手，可以关掉电脑屏幕，飞快地编辑文字，与明眼人一样畅游网络世界。这极大减轻了我整天用微弱视力面对电脑的工作压力，促使我更加主动学习和工作。

借助读屏软件，我学会了在中盲协网站和省、市残联网站浏览工作动态，了解身边的优秀盲人故事，不断汲取精神养分。对中国盲协网站推荐的时代经典作品，更是一一找来阅读。中国盲人协会文学联谊会成立后，我积极申请成为会员。我和很多明眼人一样，开通了博客，将自己对生活的感悟和阅读心得晒在博客上，粉丝也达到了三万多人。我的博客中，为贫困孩子寻求资助的文章是另一道“风景”，截至目前，通过我的博客，已有五位农村贫困孩子得到了好心人士的资助。文学作品点亮了我的心灯，即使目力不济，我也没有放弃对文学的追求。《散文》是我多年来一直订阅的杂志，为了不给妻子添麻烦，我就用扫描仪将书本一页页地扫描成图片，然后转化成文字格式，再通过读屏软件阅读，虽然辛苦，却乐此不疲，因为山脚下的人是永远领会不到攀登者内心的喜悦和快乐的。

每天上班前，利用读屏软件，阅读电子版的《人民日报》《甘肃日报》和本地政务网站，是我雷打不动的习惯。明眼人可以一目十行地很快找到感兴趣的内容，操作读屏软件却无法做到这么省时省力，因此我每天总是第一个上班，最后一个回家，凭借自己的辛勤努力，学习掌握的政治理论和业务知识反而比其他同事都详细全面，这也让我处理起工作来轻松熟稔，成为单位不可或缺的重要角色。单位领导只知道我的眼睛不好，但是从来不知道我已经到了无法辨字的地步，仍然放心地将所有重要材料都交我起草。朋友同学都劝我给领导说明情况，减轻工作量，但是我却认为，领导不知道其实更好，这样就不会因此对我格外“厚爱”，而与健全人区分开来，我就是要证明残疾人同样可以将力所能及的工作完成得很出色。

毫无疑问，不幸是痛苦的源泉，却又能变作成功的催化剂。如何促成这样的转变，阅读便是一条重要途径。

阅读可以让失明的双眼重见光明，让失聪的双耳重闻天籁，让残缺的肢体重获自由，让受伤的心灵无限自在。虽然我看不见眼前的道路，但我阅读的脚步一刻没有停下。

永远的史铁生

我非常清晰地记得，就在捧读完《我的轮椅》不几日，便听到史铁生溘然离去的消息。当时，竟对那本杂志生出愤愤之情：也许要不是它的提醒，死神早已将史铁生遗忘。还非常清晰地记得2010年12月31日响彻网络中的恸哭，网友们说，他的离去唤醒了千千万万喜爱他的读者心中蛰伏已久的尊崇与爱戴。

自认识史铁生以来，他就像一堆篝火，时刻在温暖着我的心田，如一支黑夜中的火把时刻照亮我前进的道路。我常常想，自铁生之后，世界上还会有这样的一个人，默默地用亲切炙热的文字熨去我们心灵的伤痕，春风化雨般地引导和激励挣扎在命运旋涡中的我们坚强前行吗？

在我看来，对于“职业”是“生病”的史铁生来说，离去或许是一种解脱，但何尝不是凤凰涅槃之后的新生呢？他曾经说过，天堂是行走之路，不是到达的终点。回望史铁生的涅槃之路，如暗夜中的点点星火烛照着我们，使我们汗颜而自惭形秽。从来我都不能想象，一直坐在轮椅上的他，是怎样与无情的病魔奋力抗争，而又付出怎样的努力，用手中的笔激扬起一面旗帜？

从知道史铁生的那一刻起，他在我心中就屹立为一座巍巍的山峰。十九岁那年，毫无征兆的劫难咣当一下砸在了他的头上，从此他坐在轮椅上就再也没有起来过。老天还嫌不过瘾，又支使败血症、尿毒症、肾功能障碍等魔鬼相继缠上他，并一点点地吞噬他的肌体。在他59年的人生历程中，有近40年在与病魔抗争，这该是怎样不堪回首的一段岁月啊?！我们不敢想象也无法想象。

在厄运面前，英雄与凡人就会分出高低。他没有倒在恶魔狰狞的笑声中，而是紧握“生命”之笔，饱蘸“心血”之墨，在病痛的折磨中，咬紧牙关书写了一篇篇坚强的“生命之歌”——从《我的遥远的清平湾》《我与地坛》直到《我的丁一之旅》《病隙碎笔》《活着的事》《写作的事》……他用写作拓展生命的空间，接续他灵魂的追寻，提升他精神的高度。面色苍白却目光坚毅，形体枯槁却思想深邃，无法站立却最挺拔正直，史铁生用一步步坚实的脚印，为我们开启了通往一个不同寻常的精神世界的大门。只要是看到关于他的文字，或者是他的有关文字，就会让我立刻抖擞精神，从中领悟到生命的真谛，倍加珍惜拥有的幸福，更加热爱健康的生命！

喜欢史铁生还有一个重要的原因，那就是他九死一生依旧乐观豁达。他选择用纸笔撞开一条路，打开一扇窗，透进清新之气，让压抑、焦躁的我们舒筋活络，开始心向于静，戒绝浮躁。

那年，他正处于青春年少的好韶华，父亲背着送他进了医院，最后却用轮椅把他从医院推回了家，“每天醒来，都沮丧，心说怎么还没死，又活过来了”，然而几经炼狱般的挣扎、彷徨、反思，他豁然顿悟，打开了心锁：一个人，出生了，这就不再是一个可以辩的问题，而只是上帝交给他的一个事实；上帝在交给这件事实的时候，已经顺便保证了它的结果，所以死是一件不必急于求成的事，是一件无论怎样耽搁也不会错过了的事，是一个必然会降临的节日。他最终说服了自己，也说服了我们，一路走来，成了我们认识的、阅读的史铁生。他的痛苦，让每一个遭遇不幸的人感同身受；他的逆转，让每一个在痛苦中挣扎绝望的人茅塞顿开，放下包袱勇往直前。读史铁生的文章，我们不会越读越消沉，我们读到的是：残疾并不缺少什么。我想这也是每一位钟情于他的读者阅读后最可宝贵的收获。其中滋味，健康的人是无法体会得到的。

职业是生病，业余才是写作。他的这种自嘲如同地狱传来的笑声，令人觉得凄惨却并不绝望。他找到的世界的本质是残疾和爱情——残疾是事物的障碍，爱情是心魂的追求。面对困难，他并不抱怨，他知道感恩，知道在生的命题下诸多奥义——假如世界上没有了苦难，世界还能够存在吗？要是没有愚钝，机智还有什么光荣呢？要是没了丑陋，漂亮又怎么维系自己的幸运？要是没有了恶劣和卑下，善良与高尚又将如何界定自己又如何成为美的呢？要是没有了残疾，健全会否因其司空见惯而变得腻烦和乏味呢？所有的人都一样健康、漂亮、聪慧、高尚，结果会怎样呢？怕是人间的剧目就全要收场了，一个失去差别的世界将是一潭死水，是一块没有肥力的沙漠。看来差别永远是要有的。看来就只好接受苦难——人类的全部剧目需要它，存在的本身需要它……他用笔走出的这条心灵之路，难道仅有他个人救赎的意义吗？此时，对待降临的苦难，我们还有什么理由自暴自弃呢？

史铁生直到离去的最后一刻，还没有忘记将自己的脊髓、大脑、肝脏等身体器官捐赠给有需要的患者和医疗机构，为人类和社会做贡献。在愈发物化与浮躁的今天，他为我们竖起的是一个难以逾越的精神“标杆”。

在《我的轮椅》这篇文章中，史铁生叙说自己在登临昆明湖畔的万寿山顶，看山下的路，看那浩瀚并喧嚣着的城市，想起凡·高给提奥的信中有这样的话：

“实际上我们穿越大地，我们只是经历生活……我们从遥远的地方来，到遥远的地方去……我们是地球上的朝拜者和陌生人。”是的，岁月更替，日月经年，今人不见古时月，今月曾经照古人，在历史的长河中，今生我们只是经历和路过，又何妨与苦难打个招呼？与悲伤打个招呼？……毕竟生命的意义就在于这过程。

但愿我们能够永远铭记史铁生，让我们共同真挚地祈愿——愿史铁生在天堂“行走”得同样精彩！

此生尽欢书相伴

书是良师益友，人生最快乐的事莫过于读书。我上小学三四年级时喜欢上了阅读，最喜欢的就是小人书，简洁的文字配上传神的图画，虽然只有薄薄的一本，给人的启发和想象却无比美妙。常常在看完一段时间后再次找出来读，直到将书中人物的动作表情都烂熟于心。每每闭上眼睛，那些故事情节就会在眼前电影般上演，我就会将自己想象成书中的人物陶醉一番。

还记得第一次读完的大部头是《薛仁贵征东》。那时上五年级，班上一个同学常在课间操时间大侃薛仁贵如何进入地穴获得九牛二虎之力，程咬金使用劈脑袋、鬼剔牙、掏耳朵“三板斧”如何厉害，听得我浮想联翩，遂软磨硬泡在寒假借来一口气读完，方解去心中难耐之痒。但也自此着迷，千方百计找书借书，连着读完了《薛丁山征西》《罗通扫北》等。那时农村，除了语文课本，可阅读的课外书几乎没有，手捧这些书真可谓如饥似渴，哪管得上书的质量好坏？尽管许多书都被扯得面目全非，也照样一字不落地看得心醉神迷。没有开头还好说，最可恨的是那些刚读到关键处却损失了下文的书。印象最深的是《玉娇龙》《春雪萍》两本书，正读至揪心处却没了下文，真恨不得找来撕书之人狂揍一顿。

跟着热播电视剧阅读也是我的一大爱好。《封神演义》《霍元甲》《杨家将》等电视剧中的故事情节，当时大人小孩茶余饭后谈论得最多，家里尚没有购买电视机，我也懒得去邻居家蹭看，于是挖空心思东挪西借找来书本，先是坐着读，累了再趴着读，然后躺着读，晚上就着灶火读，清晨窝在被子里读，直到一口气从第一个字读到最后一个字，方觉解渴。大多数书本虽然残损不全，有了前文没后文，可照样读得津津有味。电视剧每天只播两集，往往到了高潮处便戛然而止，观者往往意犹未尽，第二天还要凑在一起猜测后面的故事，这时我侃侃而谈，引得小伙伴纷纷将我围拢，个个作洗耳恭听状，我顿时觉得为读书付出再多的苦和累都值得。童年的这段阅读经历，虽然量不大，但却向我幼小的心灵中注入了珍贵的精神营养。

上中学时，能够找到的可供阅读的书多是各种演义和武侠小说，像《兴唐传》《隋唐演义》《七侠小五义》，我已经不再满足阅读这些永远没有结束的打斗拼杀，而是迷上了科幻小说。宿舍房门面北，墙体为土坯夯筑，每到夏天被褥潮湿不堪，我借口到操场乒乓球台上晒被褥，实则躲在乒乓球台下抱着《百慕大三角之谜》读得忘记了时间的存在。还有一次，等宿舍熄了灯，我打着小手电裹着被子偷着读，结果被班主任从玻璃窗上看到，不但没收了书，第二天还被叫去挨了几劈柴板。要学习就不能读课外书，读了课外书就会耽误学习，这是当时读书与学习的最大悖论。

于是，在假期借书、读书是那时最快活的事。记得每次去田埂上放牛放驴时，总是急不可耐地从布包里掏出书，津津有味地读起来。金色的夕阳斜照在我的脸上，似乎在有意渲染着一个乡村少年的金色童年，为他装饰着贫瘠而简单的幸福。读着读着，便进入了主人翁的世界，一起探幽觅奇，醉卧沙场，历经艰险，痛捣黄龙，时而驾长车踏破贺兰山缺；时而寻寻觅觅，采菊东篱下，独坐幽篁里，我的精神得到了慰藉，内心得到了充实，灵魂变得更加强韧。

贫瘠的生活虽然乏味，但若手捧一本心爱的书，那滋味不亚于一个凯旋的将军大阅兵时的成就感，时至今日回想起来，仍觉得无比惬意。当我悠然自得地沉浸在故事中时，似乎世界的一切都已与我无关。那种以地当床，把天作被的超脱感，早已把自己化成宇宙的中心，以至牛和毛驴都学会了察言观色，看我埋头一动不动时，乘机就去偷吃几口麦苗，为此我被骂过无数次。还有一次，我自作聪明把驴缰绳缠绕在腿上，想它乱跑就会被我发觉，然后寻一茇茇草阴凉下，铺上蛇皮袋，趴在上面看书。哪知日头渐移，晒得我不知不觉进入了梦乡。迷糊间，忽感异样而惊醒，只见毛驴立我头前，正用嘴唇拨拉着吃我的书，我大叫跃起从驴口夺回书。一看被吃得只剩下了后半部分，我顿觉天旋地转，狠狠扇了毛驴几个嘴巴，事后只好将自己珍藏的一本书顶给了那本书的主人。

到县城上高中的时候，还在学校当老师的大姐给我订了一份《语文报》，我开始正大光明在学校读起了课外读物，从中我知道了语文知识浩瀚如夜空中的繁星，领略到了文学名著闪耀的思想光芒，也看到了县城以外的广阔天空。这时我有幸借读到了路遥的《平凡的世界》，在学校周六半天的休息时间里，在空荡荡的宿舍里，我趴在床上读得废寝忘食。孙少平上学的艰辛让我感同身受，他克服逆境忘我求知的精神让我自惭形秽，田晓霞不因社会地位不同而改变对一个人的爱让我心生敬仰，她的不幸遭遇更令我潸然泪下，金波的痴情让我深受感动，他因寻找心爱的人儿一遍遍深情唱着“在那遥远的地方”更让我泪湿枕巾。我读出了生活中无处不在的逆境，懂得了只要有一颗不屈不挠的心，荆棘坎坷其实就是人生的一笔财富。我又读到了霍达写的《穆斯林的葬礼》，憧憬凭借自己的努力，也能够考入北京大学，在未名湖畔，看着灵秀的博雅塔和深邃的未名湖，告诉自己：这就是当年韩新月和楚雁潮并肩散步、朗诵诗歌、萌发爱情的地方。高中因学业紧张读到的书并不多，但读到的好书让我为自己找到了精神归宿，也为自己找到了未来的方向。正是这些作品拓展了我的人生宽度，让我感受到了文学原来离自己是如此近，不像读过的那些武侠小说，只是成人的童话。

那时我最羡慕的要属县城新华书店的职员了。每到周六下午，也是我们上高中每周仅有的半天假期，我通常会去新华书店，徜徉于琳琅满目的书架前，一站一个下午，寻找自己喜欢的书目来读。看着书店的职员坐在那儿或嗑着瓜子，或打着毛衣，并不去看书，我便觉得万般可惜。我就梦想自己长大后，也能成为书店的职员，日日夜夜与书相伴，那样我就会觉得无比地满足、幸福了。这个心愿，从那时起，就像一个“结”，无可救药地长在我的心坎上，并伴随我一起挣扎、徘徊多年。直到后来，自己家里专门打了书架，层层叠叠摆满了精挑细选的书，虽很少去捧读，可看着、摸着都感到分外的满足和踏实。

考大学时，冥冥之中我被中文系录取，所以有机会读了不少现当代中外文学作品，极大地开阔了视野，提升了我的文学品味。当时，“泡”图书馆成了我最幸福的事，我开始作摘抄笔记，作者闪光的思想，睿智的话语，优美的语句，都被搬进了我的笔记本，甚至将刘湛秋的一本关于诗歌艺术的图书全书抄写，丰富了我鉴赏诗歌的素养。大学里的生活，有人陷入迷茫不能自拔，有人沉迷于风花雪月，而我幸好始终有忠实的朋友——书的陪伴，让我坚信：火把虽然下垂，火舌却始终向上燃烧。这个信念让我顺利地跨过了许多沟壑与阴霾，收获了所有奖学金和“优秀大学毕业生”的荣誉称号。

步入社会，随着岁月的流逝，变化的是年龄，是容颜，始终不变的是爱书的情结。经历了许多坎坷和波折，心境也时有低迷或高昂，但一书在手，乐以忘忧，跟着作者的精神和思想，我走出了人世的纷杂，利益的羁绊，狭隘的自我，突破重围冲破名利缰锁，走进人生的自在恬淡，活出了真实、堂正的自我。

如今，通过手机关注众多文学公众号，在入睡和起床前阅读，仍然是我每天的必修课。路遥在《平凡的世界》后记中写道：“希望将自己的心灵与人世间无数的心灵沟通。”我想这正也是我数年如一日孜孜不倦爱书读书的原因所在。

前苏联著名作家尤里·邦达列夫曾经说过：“几乎在每个人的命运中，书上的语言都起过无可比拟的作用，谁要是没有被一本好书俘虏过，那将是最大的遗憾。”是啊，假如人类没有书籍，那么这个世界该是多么荒芜！感谢书，它犹如冬天的太阳，温暖着我走过黯淡的童年、苦涩的少年和奔波的青年时代。感谢书，它如屹立在时间的汪洋大海中的灯塔，总为挣扎在苦海中的逐梦者指明方向，在不同的岁月里，以相同的温度赐予我勇气，给予我力量，赋予我光明。

第二辑

故乡行吟

故乡情思

身处喧闹拥挤的闹市一久，便情不自禁想起那个恬淡静谧的故乡小村。

故乡很是普通，很是平凡，正如她所滋养的一代代纯厚、善良、朴实的乡亲。远眺故乡，它镶嵌在半山坡，上不着天，下不着地，只有倚伏的那脉大山无论雪雨风霜都一如既往地披阅着故乡的历史。春种、夏长、秋收、冬藏，故乡人以他们特有的生存方式不紧不慢推动着小村的黎明与黄昏。若把小村与外面纷纭旖旎的世界作个比较，她顶多是一只出土的破瓦罐。

狗不嫌家贫，儿不嫌娘丑。我始终以拳拳赤子之心去了解故乡，深爱着故乡，这不仅因为故乡以它的宽宏、无私滋养了我，更因为那里有陶冶过我性情的乡情乡音，有我的根。在故乡，我懂得了蒲公英是怎么飞，蚱蜢是怎么叫，狗尾巴花开放得怎么热烈……那里的沟沟坡坡都印满了我儿时寻梦的脚印。

故乡四季分明。在春风里播种，原野一片新绿。在夏雨里耕耘，田垅一片青翠。在秋阳里收获，大地又一片金黄。冬日朔风冽冽，雪花翩翩。季节的变化，让你懂得什么叫四时八节，什么叫春花秋月，什么叫多彩人生。

故乡是一方厚实凝重的土地。当我孤身流浪于外面的大千世界，为学习、为生活、为爱情而惆怅缱绻万般的时候，只有故乡是我停泊的港湾，只有故乡能抚慰我疲惫至极的心灵。那浓厚的乡音，憨厚质朴的乡情，爽朗的笑声，挺拔的钻天杨，一次次使我释然开怀，重新鼓起搏击命运风浪的信心和勇气。

故乡是一曲沧桑厚重的民歌，带着土地的芬芳，带着丁香花的醇香。在这里，每一个人生音符我都解析得真真切切；在这里，我读出了人之初的那种善意与真诚，使我始终以火热的赤诚去拥抱人生。我就是从这里背起行囊，携着故乡的期待，开始世路风尘的跋涉。

故乡，请让我继续谛听和倾诉，让一个为您终生虔诚守候的儿子，仅用笔成为你躯体上的一根枝条，描画出你深藏的苦涩和甜蜜。

望　乡

兄弟，哥得回去和你同歇一棵树下。曾在你羡慕的目光中，哥潇洒地背起了行囊，告别了母亲额头深深的沟壑，一副踌躇满志的样子，踏入了远方的城市，但现在哥得回去。哥承认城市富有，城市繁华。城市的男人很有风度，城市的女人很漂亮；城市的男孩很帅，城市的女孩很靓；城市的高楼直入云天，城市的街道干净笔直；城市的白天车水马龙，城市的夜晚霓虹映天。城市离文明很近，但哥知道——城市有种特点叫势利和虚伪，这是整天爬着大山放嗓子吼惯的哥不能忍受的。

身处城市，哥很累，兄弟。哥蹩脚的几句普通话，在连说的方式都很酷的莺歌燕语中常常像被扒光了衣服一样让我自惭形秽，只有老乡偶尔聚会时，哥才可张开笨拙的大嘴巴，说几句乡音，虽然那声音充满泥土味但哥说得唾液四溅，神态自若。

哥不否认，城市是美的。城市与山村共有一片天，城市与山村共有一朵云，城市与山村共享一轮太阳，城市与山村共有一弯明月，但哥要说：有些乡村有的，城市没有；有些城市有的，乡村也不需要。

哥从山里来。在城市里哥找不到童年很熟悉的自然。鸟儿到哪里去了？草儿到哪里去了？青蛙怎么不叫了？城市的树总是那么清清瘦瘦，整整齐齐；花总是那么柔柔弱弱，娇娇滴滴。时常，哥总是用想象来填塞自己的精神世界。

兄弟，哥决定回去，回我们的山村——那个山清水秀的山村。在那里可以看到什么叫山，可以看到什么叫树，那里的花儿无论风吹雨打仍是那么鲜艳，那里的鸟儿的鸣叫总是那么清脆婉转。那里人的胸怀就像挺拔的钻天杨，豪爽、豁达！

收拾起苦涩的行装，踏上回归自然的路。兄弟，让我们围着冲天火焰边唱边跳同欢到天亮，我们去挖野菜去围野鸡去追兔子翻过一座又一座山，让甜甜的狗尾巴花蕊滋润我的咽喉，然后痛痛快快地吼出一支支传唱了一代又一代真真切切、朴朴实实的民歌。

不管走了多远，心中总有一份割不断的情丝，兄弟，那就是山村。城市很美，山村更美，城市有魅力，山村更有情韵。在城市与山村之间，我更喜欢山村。

现在，哥已踏上回归之路，我的兄弟。

乡间秋韵

只有秋日傍晚的乡间，才有这样的情致。

太阳像个做错事的孩子，收敛了晌午的骄横，拉出绚丽的霓裳，羞羞答答地遮住脸颊。五彩的霞光映红了半边天，广袤缤纷的田野，与秋日的林木相映生辉，让人仿佛置身于斑斓的童话世界。

远处的田间堆拢着麦捆，一垄垄，一簇簇，仿若写在大地上的诗行，看似没有章法，却错落有致，合拍合韵。倚卧其间的牛羊，不知何时已经起身，甩着尾巴，踱入青草深处，如茵的绿毯上如滚落几颗黑色的珍珠、白色的玛瑙。鸦雀驮着斜光碎影，轻盈地盘旋在天空，时而俯冲直下，少顷又振翅高飞，漫天洒下一串串灵动的音符。

乡间小路上，三三两两的牛车、驴车或骡车，排着队儿，踏上归途。扯着缰绳的男人双腿盘坐车上，女人则斜跨在辕条，各自吆喝着牲口，互相打着招呼，闲唠着地里的收成。路是不必细看的，拉车的牲畜自会顺着车辙走得稳稳当当。

归拢的羊群难抑回家的喜悦，“咩—咩—”地叫嚷着，呼儿唤女，情深深，意绵绵。那些调皮的小家伙跑前跑后，不时与同伴追逐打闹，引得羊群中“妈——”一声、“儿——”一声的大呼小叫。有嘴馋的边走边用目光溜着路边的庄稼，羊倌挥起长长的牧鞭，眼看要甩下时，却急急刹住，“啪”地挽出一个鞭花，吓得那家伙，赶紧打消非分之想，一溜烟地窜入羊群深处。

村落上飘起袅袅的烟雾，是呼唤鸟儿归巢的炊烟，泛着陈年的柴草味儿。树叶间掩映着黄澄澄的柿子，密密匝匝地压弯了枝头，相互深情地拥抱，做着最后的告别。通体深红色的山楂，你挨着我，我挤着你，难分难舍地说着别离时的悄悄话。树叶洗去了夏日的青绿，红彤彤灿烂夺目，把笑挂在眉梢，有着看破世间万象的大彻大悟。

树下游荡着几只鸡，耐心地在草堆中一遍遍地刨来刨去，好像翻找着什么丢失的东西。不时有憋不住笑的柿子、山楂，跌落下来，它们立刻拍着翅膀一哄而上，你一嘴，我一口，啄得柿子、山楂在满院子翻滚躲藏。

秋日傍晚的乡间也是各色声乐竞技的舞台。

卸下车子的毛驴，最先耐不住寂寞，不必怎么运气，随便地伸展脖子，就一波三折地吼出一声，粗犷豪放，酣畅淋漓，将兴奋之情高高地抛向空中。声音打着滚儿还未落地，早有邻近闻讯的同伴借力发力，引吭高歌，遥相呼应。

吃饱了的鸡，气宇轩昂，体态丰腴，斜睨着夕阳，信步在鸡圈前走来走去，时而似乎想起了什么，便“咯咯”地自言自语几声。忽鸡群中一阵骚动，跑出一只满脸通红的母鸡，后面一只红色的公鸡紧追不舍。或许公鸡求爱的方式太粗暴，吓得母鸡惊慌失措，只有边逃边“咯咯咯咯”地求救。

这个时候的猪度时如年，肚子里早就唱起了“空城计”，却还听不到主人来喂食的脚步，只好在自己不大的围城中，不耐烦地来回走动，高一声，低一声“哼哼”着。怎奈越叫越饿，只好两腿趴在圈墙上，露出半个脑袋，拉开嗓子，“嗷——嗷——”地干嚎。

乡间夜的帷幕一点点被唤儿回家的母亲叫拢。一声声“军娃——”“跟弟——”的悠长呼喊，带着母爱的温度，穿过夜色，找到躲在土墙后捉迷藏的孩子，将恋恋不舍的他们拉回了家。

屋后的路上有拖拉机憋着劲儿，载着小山一样的麦垛，“叭嗒嗒”地喘着粗气，将暮色划开一个大口子，冲上大坡，带着丰收的喧哗，由近及远呼啸着驶向麦场。

月色渐明，夜空高远明净，涝池水面波光粼粼，剪得满池都是盈盈月影。青蛙从不缺席这样美妙的夜晚，伴着如水的月光粉墨登场，“呱——”，指挥一声令下，涝池四周的石缝中立即响起“呱呱——”的应和声。起初总不着调，不大工夫仿若找到了节律，满涝池沸腾起“呱呱”声，犹如一场大型音乐交响会正式拉开帷幕。

狗是乡间深夜的主角，虽然食馊饭，饮肴水，但两眼炯炯，一身正气。只要有丝毫响动，便义无反顾地从窝中跳出，“汪汪”大叫，浩然之气如江河奔腾。夜色沉沉，万籁归于寂静，农人枕着狗星星点点的叫声，安然入睡。

这些年回乡村，我已无法再领略到乡间独有的晚韵。我的内心里，却依然渴望回到从前的乡间，披一身黄昏的霞光，站在麦浪相拥的田埂上，细细地去眺望那真实的自然，去品味那淳朴的美！

过了腊八就是年

“小孩小孩你别馋，过了腊八就是年！”每年到了腊八，浓浓的年味就开始从眼前这碗五谷粥蔓延开来。

小时候，我们小孩子对年的期盼，是从期盼腊月的到来开始的。那时宁静凛冽的冬日笼罩着小村，村外的田野里一片萧瑟冷清，房前屋后的白杨树落光了叶子，老牛安卧在南墙下不紧不慢地一下下反刍着冬日的阳光。公鸡母鸡摇着肥硕的屁股，三三两两围在草垛边拨拉着刨食。涝池里的水结成了厚厚的冰，打开的几眼冰窟窿里浸着成捆的芨芨草，冰眼上面经常飘浮着白气，仿佛冰块覆盖下的是一池春水。放了寒假的我们并没得到多大的自由，每天在父母的唠叨声中装模作样磨叽着一直写不完的作业。

唯有进入了腊月，我们才不会被严格地监管，才能每天呼朋引伴，去村外田埂点芨芨草火把，到晒场上打尜尜，快乐得像出笼的鸟儿。父母好像比我们还兴奋，特别是过了腊八，年节的气氛一下子变得浓厚，他们天天反复盘算着必须购买的用品，一张张花花绿绿的钞票点了又点，换回的是我们的新衣、走亲戚的水果罐头、装贴房屋的年画……大人们都怪自己是因为吃了腊八粥才变糊涂了，只知道大把大把地花钱。我们小孩子哪管那么多，只希望大人越糊涂越好，这样我们就可以得到觊觎已久的新衣、糖果、鞭炮，还有对我们的学业和做坏事的宽容。

母亲这时忙得脚不沾地，把床单被褥用几天时间全部清洗一遍，院子里的铁丝上都晾满了衣物，不大工夫就冻成了冰壳，成了我和弟弟模仿武林高手比试拳脚的最好屏障。母亲还要挑灯夜战，跪在炕上将拆洗开的被子褥子一针一针重新吊好，然后选出新一点的被褥，整整齐齐叠成方块，用姐姐绣出的水仙花罩单罩住，等着过年时亲戚来盖。

接下来就是炕馍、蒸馍和炸馍。村里的习惯是客人到了家中，除了沏一杯甜茶，必定要端上馍馍，因此家家户户都要多做一些，一定要吃到正月二十烙煎饼补天补地之后。要是年还未过完就忙忙碌碌做馍，会被认为来年一副苦命。

每年母亲都要和上几大盆面，与左邻右舍的大娘婶子互帮互助，架上火红的鏊子，炕上许多茶壶盖大小的“陀螺子”。每个炕馍上还要用带有锯齿的镊子夹上花纹，等炕好端上桌，看上去盘子里就是一朵朵盛开的菊花。后来随着生活水平的提高，还翻出新花样，加上鸡蛋、芝麻、花生、白糖炕成点心和甜饼，送给城里的亲戚。

蒸馍需要用大锅，我们就有了用武之地。一个个调皮鬼坐在炉灶边的小板凳上，“啪嗒、啪嗒”给拉风箱，可是往往没几下就失去了耐心，使劲儿将风箱推拉得“啪啪”响。母亲一边揉着面，一边佯装愠怒呵斥我们，还要不时过来往灶膛里添几铲炭，或者烧个“灰弹子”，看看面团发酵得是否合适。在嬉笑戏耍中，热气腾腾的“大供样”就新鲜出锅了，一个个雪白蓬松，冒着沁鼻的麦香味。我争着将芨芨草扎成的“花朵子”蘸上颜料，挨个儿轻轻一按，每个大供样中间就开出了五颗红点的梅花，馍馍像贴上了“美人痣”的小宝宝，一下子就有了灵气。

虽然炕馍、蒸馍已经有了一大缸，可是几脸盆炸馍还是不能少的。炸馍的花样更多，有炸成筷子粗细如瀑布般的馓子，有两根面互相缠绕炸成如绳索样的油果子，还有用刀尖在面上划几道开口翻掏几次，炸成后状如簸箕嘴的油饼。这年家里如果种了大豆，母亲会提前将大豆用水泡软，教我们一个个抠去皮，再用小刀在每个大豆上切一个小口，待馍馍炸完后，正好用滚沸的油锅给我们炸大豆。其貌不扬的大豆经油一炸，个个变得金黄饱满，沥干油后拌上砂糖，就成了我们过年期间“哄嘴”的最好零食。

过年不但要做好吃的犒劳人，也不能忘记奖赏辛苦一年拉车犁地的大牲口，那就是给牲畜准备料拌子。我和弟弟用小推车从邻居家借来手摇石磨，在院子里铺一大块帆布，将石磨放在中间，两人轮换着，一个人往磨眼里倒豆子，另一个人抓着石磨上的把儿一圈圈磨动，囫囵的豆子就变成了两半纷纷顺着磨道转下，石磨周围就慢慢堆起来小山岭似的豆瓣儿。干这活儿累得腰酸胳膊痛，劳动强度并不低，可那时的我们一点也不感到辛苦，很有担当地主动帮着大人去做，凭的就是一股子对过年的憧憬所带来的兴奋劲儿。

正月初一这天，母亲天不亮就催促我和父亲起床，穿戴一新，挨个儿去村里的长辈家拜年。父亲人还没有进屋，就呼着长辈的尊称，说着“给你拜年来了”，带着虔诚推门入室。长辈闻声赶紧笑容可掬地迎出。我继父亲之后，双膝并拢，双拳对握，对着爷爷奶奶叔伯大婶弯腰深揖。爷爷叔伯们也施揖还礼，盛邀我们进屋喝年茶。进屋后，还不能够忘记对正中供奉的先人牌位三揖三拜。待到起身，主人已经倒好甜茶，摆上了糖花、瓜子。这天每人脸上都挂着灿烂的笑容，见面就相互深揖着，互致问候，“家人都好着呢吧？”“孩子乖着呢吧？”答曰：“好着呢！”“乖着呢！”全为新春讨个好彩头。即使素有隔阂的两人，此刻也会深揖对拜，舍弃争议，冰释前嫌。在你来我往的深揖中，久疏的亲情友情，再次得到凝聚加强。

这些传统年俗，无不给年节增添了仪式感。年在小村已不仅是节会，更像温润文化生活、慰藉人伦情感的生活根脉，让平庸的生命懂得了庄重感，让潦草的生活散发出温馨的韵味。

如今已经告别了娱乐生活匮乏和物质贫瘠的年代，对于成人世界的我们来说，父母就是年的方向，追求过年最大的意义就是与父母家人的团聚，一起洗去一年的泪珠及汗水，细数一年的收获与喜悦，祈祷来年的顺利和安康。过年回家也是感情上的一次充电。哪怕只是待上一天两天，再出发之时，我们的心也不再虚空，对新一年的奋斗，又有了无穷的动力。

年，是我们永远也剪不断的情牵。

放蜂人

“江南塞北枕天涯，情系枝头采紫霞。两片布篷叠岁月，一勺春色润人家。”吟罢这样的诗句，放蜂人头戴斗笠弯腰取蜜的形象就倏忽跃入脑海。他们，是大地上寻找花朵的人；他们，是同蜜蜂一道酿造甘甜的人。

故乡春末夏初，是花苞憋不住笑的季节。先是浅粉色的杏花，娇羞地露出迷人笑靥；再有雪片般的梨花如碧玉妆成，清高典雅地笑傲枝头；继而，金黄的油菜花恣肆铺泄在无边田园之上，还有沙枣花、刺梅花，有名的、无名的，或鹅黄、或粉嫩，或清香、或浓郁，大朵的、小朵的，一簇簇、一片片，千姿百态，五颜六色，次第绽放，摇曳在漫山遍野之中。这时，在你不经意间，放蜂人就像从天而降，出现在田间地头，像质朴醇香的狗尾巴草，点缀在田野间的沟沟峁峁。

放蜂人像候鸟一样，随着四季更替四处迁徙。因此，不管是在小桥流水的江南，还是粗犷奔放的塞北，只要是在百花吐艳的时节，他们勤劳的身影总是会闪动在姹紫嫣红之中。他们像是赶赴一场和情人的约会，总那么准时守约，悄无声息地一夜间出现在花海中，给你一个措手不及的欣喜。放蜂人对花的感情永远是那么赤诚，那么炽热，那么迫不及待。

放蜂人特有的生活图景，总是那么简约和恬淡、浓郁而甜美：几排蜂箱，一顶帐篷，一对夫妻，一只小狗，再或是一个孩子，还有盘旋在他们上空嗡嗡嘤嘤合唱的蜜蜂。蜂箱错落有致地摆在帐篷周边的空地上，蜂箱上的那片天空，蜜蜂们紧张而忙碌，欢快而有序，仿佛喊着齐刷刷的劳动号子，又像是合演一场大戏，把山野舞动得有声有色。放蜂人的住所大多是两片篷布相交搭建而成，仿佛随时要折叠起来赶赴下一场花期，那是他们临时的家，也可以说是永久的家。放蜂人的家很简陋，简单到一床一炉一锅而已。因为没有电，也就远离了现代娱乐生活。即便如此，他们给人的感觉依然是一个温馨的家，一个拥有全部的家。他们像一株株极具生命力的野生植物，顽强地融入每一处田间草地，吃在那里，住在那里，生活在那里。他们每天喝着溪水，吃着野菜，拥着月光，数着星星，采集着芬芳；他们以花为伴，与世无争，不骄不躁，用心酿着生活的甜蜜。我始终认为，放蜂比起放牧，更显高雅志趣，更富艺术精神。

记忆中，最惊心动魄的莫过于放蜂人收取蜂蜜的时刻。无论是谁，只要站在蜂箱前，在我们的眼中，他们的全身就会散发出炫目的光芒。通常他们会戴一顶环绕纱巾的斗笠，巍巍屹立于蜂箱之侧，伸出两手提出蜂板，像看襁褓中的婴儿一样，用无比柔和的目光审视着蜂巢，蜂巢上爬满了蠕动着的黑压压的蜜蜂。受到惊扰的蜜蜂，霎时就会将放蜂人包裹起来，一些烦躁者还冲撞着放蜂人裸露的肌肤，或不时落在那里小憩，此情此景让我们心惊肉跳。但放蜂人依然不慌不忙，如同入定的高僧，对周围的纷扰视而不见，专心致志地把蜂巢板拿到蜜桶的摇架上。往后的日子，就见蜂箱周边棉布上晒着耀眼的金黄色的花粉，闻到充溢在阡陌之间的淡淡的蜜香。

同样令我们咂舌的还有放蜂人的孩子，也许是因袭了“富人的娃娃会说话，穷人的娃娃力气大”的传统，蜂匠的娃娃不怕蜇。我们普通人，即使远绕放蜂人“宝地”，不小心还是会被蜜蜂盯梢，盘旋在头顶上空，嬉戏在头发之间，让人浑身骨头发软，冷汗涔涔，要是再被蜇一下，可就鼻青脸肿头大脖子粗了。放蜂人的孩子却与蜜蜂天生结缘，即使光着屁股蛋子在乱舞的群蜂中跑来跑去也是毫发无损，气定神闲，让我们这些不敢亲近蜜蜂半步的人不服都不行。狗是放蜂人生活中不可或缺的风景，夜晚看家壮胆，白天做伴相嬉，和蜜蜂和谐相处，跟着主人摇蜜，这是一幅多么有情有趣的生活场景啊！

放蜂人，酿造甜蜜生活的人。前方，芬芳的花朵正在等待着他们，鲜花盛开的地方就有他们甜蜜的希望……

又逢花香扁都口

盛夏酷热难耐之季，却是民乐扁都峡口清凉袭人时节，原本已让游人神往，恰恰又逢峡口外万顷油菜花开，馥郁清香遍染山川，更令来者如痴如醉。

出民乐县城，沿国道227线一路向南，在逶迤起伏的公路中，可见一座绵绵青山横亘眼前，巍然而峭拔，雄奇又秀美，宛如镶嵌在大地上的一块巨大屏风，这就是哺育河西走廊的祁连山脉。“绿水逶迤去，青山相向开”，闻听水声处，但见巍峨青山中天造地设出一条大峡谷，一溪中流，两侧峭壁突兀，犬牙差互，大有“一夫当关，万夫莫开”之势，227线从谷底依山就水蜿蜒伸入群山深处。闻名遐迩的扁都口近在眼前！

提及扁都口，就不得不说说扁都口的历史。据史书记载，扁都口自汉唐以来，一直是西部羌、匈奴、突厥、回纥、吐谷浑、吐蕃等少数民族相互联系和出入甘青之间的重要通道。东晋时期，僧人法显由靖远经兰州、西宁，穿越扁都口到张掖。公元六零九年，隋炀帝西巡，于六月中旬过扁都口，在焉支山下会见突厥及西域王公使者。一九四九年九月，中国人民解放军第一野战军一部从青海进入扁都口，一举解放民乐，挺进新疆。至今仍留存的娘娘坟、石佛爷、黑风洞、诸葛碑等斑驳的遗迹和民间流传的故事，更是为扁都口披上了一层神秘的面纱。

扁都口峡谷怪石森然，悄怆幽邃自不必说，独登高眺望，远处雪峰雄峙，近处层峦叠嶂，山间绿草如碧，色彩斑斓的野花星星点点镶嵌在绿草之中，迎风摇曳。风吹草低处，黑的是牛，白的是羊，它们或摇着尾巴悠然于山腰自在地啃食，或登上峭壁惬意于悬崖寻觅。撒落在山涧溪旁的一座座白色的牧人毡房，宛如碧波荡漾的大海中的点点渔帆，朝晖夕照，景色万千，呈现出一派安详和顺、大气雄浑的西部风光。

有着侠骨柔肠的扁都口，是祁连山给民乐的特别恩赐。它是一个天然张大口的空调，将口内的凉风吹入口外，即使伏暑大热天，扁都口依然凉风袭人，犹如江南四月，实乃避暑消夏胜地。然而，真正叫扁都口名噪天下的是每年夏天口外的万顷油菜花开。

“四野金黄，天然锦绣；群峰雪白，自幻苍云。”每年七八月间，扁都口如“回眸一笑百媚生”的绝代佳人，尽情展示着最迷人的风情。站在扁都口外，俯瞰千里平畴沃野，这是一场怎样的视觉盛宴啊！

天空清澈明净，湛蓝而高远，洁白的云朵，像无拘无束的孩子，悠悠荡荡。在肃穆雍然的雪山映衬下，一眼望不到边的油菜花，恣意绽放出最热烈的笑靥，尽情吐露出金色的光芒，仿如仙女绣织出的云锦灿烂夺目，又如一张金色的地毯覆盖大地。莫非是古代皇家沙场秋点兵，身披黄金甲胄的战士气冲云天，岿然屹立，只待一声令下，便以排山倒海之势摧枯拉朽？有风拂过，黄色波涛汹涌起伏，恰似黄河之水天上来，滔滔不绝奔流而下，日月星汉，若出其中。更有风过带来的清香，丝丝缕缕，曼妙轻舞，醇厚却不浓烈，轻轻没入唇齿，凉凉沁湿心脾，让人通体毛孔舒张，仿佛刚刚和姗步轻摇、眼波撩动的丝路女子结束了一场甜蜜的约会。地涌黄花清肺腑，山腾清气洗精神。在熙熙攘攘的红尘中，为名利、为金钱满身疲惫时，面对这样的景色，怎能不宠辱偕忘、心旷神怡呢？

远观，扁都口的油菜花震人心魄；近观，则勾人心魂。

走近油菜花，你会发现这是一种极其平凡的花，没有牡丹的富贵，更无兰花的典雅，任何大雅之堂都难觅它的踪影，甚至浩瀚唐诗宋词中也寻找不到描写它的半点诗文，然而它又是极不平凡的花。从不苛求生长条件，从不需要精心打理，在春风中不经意间丢下的任何一粒种子，都不自卑自贱，而是埋头扎根大地，坚守梦想，以顽强的生命，孕育出希望的花朵。

常常可见在田垄上、沟畦中，在低洼处、阡陌旁，几株油菜花兀自绚烂地开放，绽放出一种追求和信念，这不正是生活在西北大地上的人们的品格写照吗？被耕种在田地中的油菜花儿，仿佛格外感恩上天的眷顾，没有半点沉醉和丝毫的懈怠，只争朝夕，不及等待，你挨着我，我挤着你，张开鹅黄的笑脸，热烈中吐纳着奔放，烂漫中饱含着娇嗔，每一朵每一瓣都开得豪放爽快，绝不像园林植物矫揉造作，更没有盆景的楚楚可怜。田间的油菜花也应是最明白“一花独秀不是春”的道理吧，它们呼朋引伴，携手比肩，齐刷刷地竞相绽放，聚是一团火，散作满天星，多像祖国大家庭中盛开的朵朵民族之花，相依相靠，心手相连，用团结向上的力量，催生着伟大民族复兴的梦想。

金山公园探幽

踏入金山公园，瞬时被她的美给征服了！

尽管之前，不止一次听朋友说金山公园是大思路谋划、大手笔布局的大创意作品，可是我每次都觉得这宣传有些夸大的成分，想那么一个沉疴之地，没有天府之国的钟灵毓秀，没有陕北高原的雄奇苍茫，能写出什么锦绣文章呢？

然而，事实胜于雄辩。不说金山公园因地制宜规划设计的匠心独运，更遑论山地森林景观与大地田园景观紧密融合的相得益彰，单是那些精心种植布局、漫坡遍野争奇斗艳的花儿，都足以让人心旌摇荡而流连忘返，禁不住“高呼天外客，此处有桃源”了。

金山公园的花绝对让人赏心悦目。相信任何人来到这里，都会情不自禁地发出惊叹：这地方居然有花？居然有花海?！一朵朵、一簇簇、一丛丛、一片片，乍看平常无奇，细究却有无限诗情画意。抬望眼，处处花团锦簇，遍地姹紫嫣红，西山脚下仿佛罩上了彩色的地毯，大地宛如隐没在奇幻的彩霞里。数一数，一万朵？十万朵？数十万朵？其实，又何止呢！放眼所及，全是花！不忍直视轻轻闭眼，一朵又一朵的花儿便密密匝匝紧挨着争相在你眼前绽放。有风拂过，一片连一片的花便波浪似的荡漾开去，就像一张硕大无朋的彩毯沿着山峁下的缓坡从从容容、无休无止地朝前铺排，刹那让人飘飘欲仙，如时空逆转，人虽未醉但心早醉！

这里的花儿或紫，或蓝，或红，或白，或浅紫、浅蓝、浅红、浅白……或是一朵花中赤橙黄绿青蓝紫各色杂陈，红的像火，粉的似霞，白的如雪，宛如老天爷的颜料桶突然掀翻泼洒使然，让人目不暇接。不过，不管是什么颜色的花，一律开得自然，清亮，纯洁质朴，野趣十足，如同民乐大地滋养的女子。想想吧，时值盛夏，金色的阳光，清澈的天空，晶莹的雪山，飘荡的白云，如潮的花海，沁人的清香，勾勒出一幅多么绚丽多姿的金山水彩画啊！置身其中，真是心在诗中行，人在画中游，怎能叫人看得够？只有连连大发感叹：眼前有景道不得，何须名苑看春风！

公园里游人络绎不绝，野芳发而幽香，佳木秀而繁阴，一花一世界，一景一乾坤，孩子清脆的笑声在花瓣草尖荡漾。对这样一个地方竟有这样的花海，每个人的表情都难掩惊叹赞美。据介绍，金山公园拟设置祁连植物园、祁连民族文化园、休闲娱乐区、颐养运动区、大地农田景观和山地森林景观。日前，已完成金山花海、中心广场、儿童游乐区、游客休息区、植物景观雕塑等基础设施建设。冰山只露一角，明月尚未全圆，美景却已显露端倪，不难想象建成的金山公园该会是多么地千娇百媚呢。

我真是被震撼到了，因为对西山这片土地，心底早就烙下一个深深的印记。20 世纪 90 年代，我上高中时，曾经无数次骑着自行车在县城和家之间往返。记得那时朝西过了下柴村，就会被西山的土峁遮挡视线，沿着公路只看见土黄色的山峁上黄多绿少，极尽荒凉寂寥。受阻的公路在此顺势拐了一个弯，将突兀的大山峁撇在一边，让人无法窥视山峁中的风景，空留猜测和些许的幻想。那时骑车经过这个弯儿，一直很困惑民南公路的方向究竟是向西还是西北？也因此常有点憎恶这个山峁，要不是它的阻碍，我回家的路程或许会更近更轻松一些。

山峁留给我的记忆还有一片树林。冬去春来，寒来暑往，每次转弯的时候，不经意就会瞥见山峁下的那片树林，树木挺拔笔直，从枯黄到苍翠，再从枝繁叶茂到枝叶凋零，见证着四季的轮回变迁，也见证着一个青年的艰辛成长。我总觉得，这湾树是一群孩子，他们依偎在山峁母亲的怀抱，为山峁母亲增添了无尽的生机和活力。每次路过都让人对这片树林透露出的静谧心驰神往，可是树林周边满是庄稼地，只看那七高八低的田埂，还有纵横相间的沟沟壑壑，一下子就失去了前往探究的勇气。

想不到短短几年，县农投公司的员工们就用自己的双手再造了一座城市后花园。山峁下横七竖八的深沟险壑早已被夷为平地，取而代之的是匠心独具的园林绿树，曲径通幽的栈道小路，色泽芬芳的艳丽花海，独出心裁的动物造型，还引来雪山之水，建成一块人工湖，芦苇摇曳，蜻蜓点水，为公园平添许多灵气。那片树林，得以清泉浇灌，比十多年前更加茂盛苍翠，将山峁映衬得分外壮观美丽。山峁绿草如茵，不再有黄土的暴露，让人不禁联想到，这山峁分明就是看着孩子有出息而一下子年轻了十多岁的母亲。

听相关介绍得知，金山公园规划面积 11.72 平方公里，计划总投资 1.3 亿元。也就是说，规划建成的金山公园，不但包括了山峁下的这片错落有致、因势造型的景地，还涵盖了山峁上向南几公里的地方。这颇让我好奇，因为之前到山峁上，留给我的记忆是四野的苍凉荒芜，是土地的干涸贫瘠。

那次单位组织去植树。车子绕过山峁向西行进没有几分钟，先是向南一拐，然后不停颠簸地往东南爬上一道土岭，面前赫然出现一片形如锅底似的洼地，植树区域就在洼地两侧的东西荒坡上。爬上东边的土坡，沿着坡脊再斗折蛇行向南翻越过几个山包，就会登临山峁之顶，向东可远眺县城楼宇白光点点，可俯看山峁下平畴沃野，而民南公路恰如县城扯出的一条丝带。植树区域是光秃秃的土地，本想会很轻松地完成任务，哪知脚底板蹬得生疼，铁锹却只啃出几道道白印。等到下午收工，浑身像散了骨架。接连几天奋战，终于在不毛之地栽植下了一排排落叶松。然后又鏖战数日，从南面半坡上专门打下的水井中，接上长长的皮管，逐棵树进行浇灌。灌入树池的水很长时间都无法被土壤完全吸收，土地干涸坚硬程度可想而知。在这样鸟不拉屎的地方搞绿化，树木能有多少成活率，能有多大的生态效益，每个植树者都在心里画着问号。后来近十年，因为单位植树区域重新调整，再没有踏入山峁腹地，曾经垦殖下的那些绿也就在心中慢慢枯黄。

如今重访，眼前景象再次让我恍若惊梦。植树区竟植被茂密，草木摇曳，那些松树全部成活，树丫上拔出一节节新枝。绿色覆盖了方圆高高低低的山包，周围都用刺丝围栏，荒坡变成了绿毯，广大干群用汗水和智慧，也用意志和精神，筑起一道绿色屏障，看来生态理念在这片土地已扎下了根，我不禁为自己植树时的短视和悲观汗颜。

植树区域南面横亘起伏着一座高大的丘陵，丘陵豁口间有一条土路蜿蜒其中。顺着土路朝里走，一边是雄浑的土坡，一边是数十米深的干沟，越往里走，沟壑越深，山坡愈险。回望来路，山峦如聚，重峰叠嶂，路随山势环，山在云中掩，不知归路在何处，心头蓦然浮起杨万里的诗句："莫言下岭便无难，赚得游人错喜欢。正入万山圈子里，一山放过一山拦。"正在胆战心惊之时，向西一个拐弯却豁然敞出一块平地。平地间，车水马龙，游客甚多，大家都虔诚地将目光投向南山坡下的一块墓碑。据县农投公司负责人介绍，金山公园将结合山地森林景观与大地农田景观，建设月老庙、滑雪场、将军观、百子堂、金山寺、户外拓展训练基地等附属设施。拟建的将军观，正缘起此墓碑铭刻的主人杨广将军。

杨广军功现无从考证，唯此青山有幸，埋葬杨氏英魂，由后人壮怀凭吊。将军陵墓倚南面北而成，东、南、西三面皆有高大土坡环绕，唯有北面开口，状如簸箕嘴。将军墓碑上四角重檐木亭遮盖，雕梁画栋，显得威严气派。这时清风拂面，如从苍茫的古战场中吹来，抬头远望，周围山头仍似可闻铮铮刀剑之声，仿佛还能依稀辨出沙场上升起的滚滚狼烟，不过那些久远的见证，也正沉入这近十年修复日渐趋好的西山植被中。

将军墓东面已建成一排面向坟地的客房，客房前有好几排固定炉灶，专供还愿烹饪所用。西面朝南修建有两间房屋，专门用作许愿的场所。坟墓前平整了停车场，有专门人员维持秩序，保洁环境。这些年，靠老百姓的口口相传，将军坟的灵气广为传播。据说，每次良辰吉日不到中午时分，前来拜谒的人摩肩接踵，后来者根本无立锥之地。现在，决策者们因势利导，点石成金，计划修建将军观，相信对带动公园旅游，弘扬民俗文化，必将起到积极的推动作用。

回望金山公园的前世今生，不由感叹，它分明是生长在初夏的一朵金花，正接受着阳光雨露，含苞待放；它又是一只破茧的虫蛹，正浴火重生，化蝶高飞。它的美，美在无形，美在无言，美在难言。

民乐是一本大书

这一年，竟这样快地过去了！

好像在昨日，单位院里一棵棵挺拔的松树还泛着翠绿，绿荫如盖的果树上还挂着耀眼的金黄。仿佛一夜间，就只有了突兀的枝丫，还有上面满满的积雪。

越来越感到，时间是一位拿着锉刀的老人，一下又一下，很耐心地将我们的记忆打磨，也终究一天天磨钝了我们关于故乡的真切感受。好在随时可捧读一本浓情无限却又朴实庄严的《民乐印象》。品其味甘之如饴，宛如一泓清泉流经干涸的心田，让故乡真真切切立在眼前，从而不再对故乡有暌违许久的陌生。

不得不说，一直以来对于故乡认知上的浅薄，如同面对一位母亲，看得到她温暖慈祥的双眸，却无法尽知她历经的岁月风霜。《民乐印象》明丽、透彻、舒爽，从中读不到物欲的躁动、红尘的浮华、人性的冷漠，之于我就是开启故乡母亲岁月密码的一把最好的钥匙。从《民乐印象》可以感觉到叠嶂的山峦仿佛见证了历史，听得见叮咚的河水中吟唱的足音，看得懂广袤的平畴上犹存的古风，也就渐渐读懂了民乐这本大书的厚重，从而融入滋养她几千年生生不息的精神血脉。

悠久的历史是书的卷轴。“早在五千多年前，先辈们就在这块古老的土地上繁衍生息，历史上曾设过三郡四县。周穆王西巡时在这里留下了足迹；单于王在这里修筑王城，留下了避暑的身影；骠骑大将军霍去病在这里留下了征战的英姿；张骞、班超经过此地，出使西域，留下了动人的故事；法显灵光的身躯在这里留下了佛的光芒；隋炀帝西巡，在此会见西域 27 国王臣；沮渠蒙逊在此成长征战，创建北凉……”读《民乐文化旅游丛书》之序，仿佛置身于民乐历史长河俯瞰星光闪烁，可清晰地把握民乐的重大历史脉络，充分感受到民乐历史文化的悠久醇厚。“民乐县，地处祁连山脉北麓，有着源远流长的历史文化积淀，我视她为一颗灿烂的明珠。”当代最具影响力的穆斯林作家、学者张承志也在《视野的盛宴》中如是叙说了他对民乐的认识，更添我等民乐人的自豪。有人说，一个民族如果没有历史，就意味着失去了扎向大地的根系。民乐是有历史的，它始终深深扎根河西大地，以特有的方式站立成枝繁叶茂的一棵生命树。

独特的地理人文是书中的扉页。翻看扉页，扁都口应是上面最鲜明的图景。因为“它像一个神出鬼没的侠客，自由地穿梭在历史、传说和典故之中”。（王新军《民乐扁都口》）我一直惊叹扁都口的鬼斧神工，书中作者的论述和考证却让我陡然增加了对峡谷的敬重。“扁都口，不仅是古来的孔道，不仅穿行过数不尽的商旅民族，不仅走过霍去病和唐玄奘、隋炀帝和匈奴单于、马仲英和范长江、失败的红军和河湟的回民，它还是两大地理世界——青藏高原和河西走廊的分界。”（张承志《视野的盛宴》）还有瞿学忠在《扁都口峡谷寻觅古人西去的印迹》中追本溯源，鉴别扁都口“飞雪冻死人”的历史真伪，一一探寻了扁都峡谷黑风洞、诸葛碑、娘娘坟等历史传说和遗迹的由来，更记述了1949年9月王振率领大军兵出祁连，一举解放民乐的红色壮举。每每读来不由让人生发出对隋炀帝、霍去病、沮渠蒙逊等古人的凭吊追思，也更感今天幸福生活的来之不易。

民乐儿女书写的锦绣风光是书中的诗行。扁都口外的油菜花海应是不二之选。杨献平在《祁连北麓的风和花朵》中说，“祁连雪山高处的花朵，迟开的花朵，生命和灵魂的颜色。”寥寥数语便拨动了我们的心弦。而王文扬在《民乐油菜花》一文中，却不惜笔墨写到：“金黄色铺满了大地，绵延几十里，纵横上万亩。放眼望去，一望无际，整齐划一，宛若黄色的海洋，又像是天然的画布。”极尽铺陈渲染，足见油菜花对作者心灵的撞击。高峡出平湖的海潮坝水库，是民乐儿女书写在大地上的另一道壮锦。我视她为藏在深山中的闺秀，风姿绰约，仪态万千，不是吗？“美丽的海潮河岸是一串珍珠项链。”（王忠民《心依海潮河》）“不是海，却有和海一样的碧波荡漾；不起潮，却也有涟漪层层逐波追浪的景观。”（陈洧《民乐印象》）这样沁人肺腑的海潮水，注定哺育出淳朴善良的民乐儿女。“相留山里山外客，便利河东河西人”（王忠民《心依海潮河》），这一副张贴在水库大坝下小店铺上的对联，不正是无言的写照吗？

驰而不息的民乐精神是贯穿书的主线。人是要有点精神的。民乐儿女用祁连青松般的坚韧不拔，书写创造着民乐历史，铸成了民乐人民改天换地的愚公精神。“要干就是铁蛋，不叫干就滚蛋，干死了就完蛋。”在读到阎强国《心碑——民乐八年》时，看到了一位下乡时常背着粪筐的好书记，他的话语不加粉饰，却最能够打动人。那些风刀霜剑严相逼的岁月，他带领群众不等不靠，在认定目标后苦干实干，将民乐精神彰显得饱满生动。这样的文章，不仅让人读后荡气回肠、振奋精神，更能让每一位人民公仆心有所动。

庭院里花开花落，岁月更迭，我不再难觅乡愁，手边常有这样一本书，便可读出故乡坚定的永恒，读出善待人间万物的悲悯情怀，读出任尔东南西北风的乾坤定力。

最忆莫过橄榄绿

那是2003年10月25日。傍晚时分，渐渐升起的暮色将一天的喧嚣逐渐抹复平静。然而，当时间指针指向8时41分时，刹那间，天摇地动，墙倾屋坍，历史将这一时刻定格！我们遭受了6.1级强烈地震。

我跟随领导第一时间赶到了震中姚寨村。小村早已经沸腾，随处可闻妇女的号哭、孩子的呜咽，到处可见折断的屋脊、倒塌的墙壁、死去的羊只，村民们穿着单薄的衣衫，在这突如其来的灾难面前，听着自己的家被无情摧毁的声音，闻着房屋倒塌时腾起的呛人的尘土气息，一个个紧紧地抱着亲人，仿佛一片片秋风中哆嗦的树叶，看上去是那样无助、绝望。好多人光着脚站在寒冷的地上，却让赤脚的孩子站在大人的脚背上取暖；大家都穿得很少，父亲脱下自己的衣服穿在孩子身上，儿子把衣服披在老母的肩头……乡亲们蹲在路边上，躲在地沟里，挤在草堆中，蜷在拖拉机和架子车上，在寒冷和惊恐中等待不可预知的下一时刻，度过了有生以来最漫长的一个寒夜。

第二天晨曦微露，我再次踏入姚寨村，想象着受到惊吓的这片土地，还有怎样未退去的惶恐。然而刚进村，我就发现在残垣断壁上到处闪动着忙碌的身影，那一身身的橄榄绿透着坚毅果敢，鲜艳夺目，与冉冉升起的朝阳融为一体。霎时，我的心被温暖了。原来，就在灾情发生不到5个小时之后的26日凌晨一时左右，驻张某部和武警官兵及民兵预备役人员120多人就迅速集结，星夜驰援，赶到了姚寨村，冒着连续不断的余震危险，在彻骨的寒风中，立即投入到了人员搜救和群众财产转移等工作中。现在，他们又分散到各家各户，帮助受灾群众拆除倒塌的房屋，清理掩埋的物资，排除潜在的险情，搭建过冬的帐篷……昨夜在小村的耳闻目睹，让我的心充满忧伤、无助，但今早满眼的橄榄绿，却让我一下子感到了坚实和镇定。我看到，那个昨夜哭得震天的男孩，脸上挂着灿烂的笑容，正跟着干活儿的战士，欢快地跑来跑去。太阳冉冉升起来了，发出炫目的光芒，将小山村拢入怀中，我想，灾区群众的感觉一定格外温暖。

除我县姚寨村外，另一个受灾严重的地方龙山村的群众，也在拂晓前看到了亲人解放军，在争分夺秒的救人现场、在坍塌的废墟上，哪里有危险，哪里有需要，哪里就闪动着橄榄绿可爱的身影。据救灾部队的一名连长介绍，这个连的官兵10月22日刚刚从宁夏青铜峡演习回来，已经非常疲惫，正准备休整，就接到了抗震救灾的命令，于是他们马不停蹄，火速驰援。灾民们说，当看到解放军战士的时候，就再也不感到害怕了。灾民们还说，战士们不怕苦，不叫累，昼夜奋战，与严寒赛跑，赶着在入冬前帮助他们搭建起了一间间过冬的暖棚，真不愧是人民的子弟兵！然而，在宿营地，我看到，战士们住的还是印着毛主席语录的旧帆布帐篷，17 个人一间，地上只有一层薄薄的棕垫。冬之将至的民乐夜晚干冷得像捂着冰块，整天辛劳的战士就是这样在他乡裹着寒意，沉沉入睡……

战士们的辛苦，灾区的群众看在眼里，暖在心上，纷纷从家里拿来土豆、萝卜之类的蔬菜，表示对解放军的感激和慰问。那短短的几天，群众和战士将抗震救灾的战场变成了亲情舞台，每天都上演着军民鱼水情深的感人故事：罹患白血病的小学鹏被解放军 141 医院接往青岛免费救治，战士们纷纷为贫困灾民解囊相助，老大娘在寒风中脱下棉衣轻轻地盖在酣睡的小战士身上，营房前为战士送自家产的蔬菜的群众排起了长队……

11 月 10 日，当解放军战士、武警官兵和民兵预备役人员圆满结束抗震救灾任务返程时，更是上演了一幕军爱民、民拥军的感人故事。

那是一个欢笑和泪水纷飞的下午，那是一个真情喷涌的时刻。在子弟兵车队还未到来的时候，闻知消息的灾区群众、干部、学生、商贩等，早早自发挤在县东圃路口开始等候。国道 227 线两旁人流已经像长龙一样，但还是不停地在持续汇集。循着车来的方向，人们翘首凝望，有渴盼亲人早点到来的欣喜，更有即将送别亲人的焦灼，每个人心中的真情在不断地酝酿、发酵。

当铁龙般的车队一辆接一辆整齐地驶来时，现场的人们像炸了锅一样，一下子欢呼起来，仿佛要将寒冷的空气点燃。车停下来，战士们排列着整齐划一的队伍，喊着震天响的号子，生龙活虎般地迅速集结列队。深秋的街道和枯黄的天空顿时染上一片橄榄绿色。夹杂在人潮中的我被绿色的海洋深深地震撼和迷醉……在简短的欢送仪式后，铁龙又开始移动，人们的目光一次次地被一辆辆驶过的军车牵着。大婶们急了，赶紧挤到车尾，将煮好的鸡蛋往战士们手中塞；小媳妇们急了，可劲儿地踮着脚尖将刺绣的鞋垫向车上递；商贩们急了，隔着人墙将香蕉、苹果朝车厢投……战士们一次次将东西拒了回来，但是又被不甘心的群众一次次推了过去。学生们拼命地摇着国旗，高喊着“再见”，声浪像波涛一样汹涌翻滚。人群中不知何时拉起了一道道“感谢人民子弟兵”“军民鱼水一家亲”的红色横幅，映红了天空。欢呼与泪水共融，深情与难舍交织，直到那一排排巍峨、挺拔的橄榄绿身影慢慢在人群的夹道中远去……

时间是一个不停转动的打磨机，十年来，悄无声息地将我许多的人生记忆磨得支离破碎，直至变成齑粉缓缓飘散。可是，十年前在我眼前闪动过的这些橄榄绿，却久经岁月磨砺也无法褪色和遗忘，反而时刻唤醒我的记忆，将我的思绪拉回到十年前的那个深秋。

哦，可爱的橄榄绿，你给人春的希望，夏的温暖，秋的坚实，冬的刚毅，今生今世，我已深深地将你铭刻在心，请相信，无论时光怎样流转变幻，你永远是我记忆中最炫丽的颜色！

第三辑

亲情港湾

母亲·家

母亲守着房子孤零零地住在村边。那时，我在异地求学，平时很少有空回家。想家的时候，就扎一只风筝，默默放飞一路相思，寄情那只纸鸢，让它捎去我对母亲的诚挚祝福。只有挨到了长假，才急切地赶回家匆匆看一眼让我永生报答不完的慈祥的母亲，重温一下温馨家庭的美好时光。

家，是我心灵的归宿。只要一回到家，再贫瘠的心也会萌发出蓬勃绿色。那屋边的小路，印着我童年的嬉笑声和成长的足迹，那房前屋后的鸡舍菜园给了我一份盎然的生气和滤尽尘埃的宁静。更重要的是，回到家，也就回到了母亲身边。

自以为刚刚离家不久，可母亲却总是埋怨着又一两个月了。每逢节假日，母亲总是早早掰着手指头算好，等到时间临近，母亲就每天站在路边，立成一尊塑像，向远方翘首凝望，巴巴地盼着儿子身影的出现。

朴素的家没有繁文缛节，我放下背包后就重重地把自己摔在床上，抖去一身劳累，听母亲絮叨村里的

“要闻”，听母亲在厨房里叮叮咣咣地做饭。在母亲的唠叨中，我听出了母亲对远方儿子的那份浓浓的牵挂，在这个时候，母亲脸上总是挂满了慈爱的笑容，岁月镂刻的皱纹里都好像跳动着欢快的音符。

美好的时光总是过得很快。在我返校的那天，母亲摸黑起来，就着满天的星光生火做我爱吃的食物。厨间的烟囱不太好，总是弥漫着一股麦草燃后刺鼻的黑烟，母亲用围巾一角捂着鼻子低低地咳着，依旧坐在灶旁，山一般的宁静，两眼盯着猩红的火苗，有着令人感动的安详。启程的时间到了，母亲帮我整好东西，装上她平时舍不得吃的鸡蛋、果梨。一向利落的母亲，在这一时刻却总是慢腾腾的，而且不厌其烦地重复着已叮咛我多次的话语。当车在黎明的曙色中扬起灰尘走远的时候，母亲那单薄的身影却仍痴痴地立在小路旁。看到母亲扬起的手缓慢而又沉沉地落下时，我突然感到母亲是那么瘦弱、孤独、无助。泪水常常不知不觉溢满我的眼眶。

哦，母亲——您是一条汩汩流淌的爱河，我是河里的一尾小鱼，在您无私地滋养下渐渐长大。母亲，是您，对“家”的深厚内涵作了最好的诠释。

当初，离家的我是为了那份梦想，那份志向，而如今，令我魂牵梦绕的却是难舍难弃的家。真希望能多有几个节假日，我好多回家看看，在母亲身边多说一会儿话，重温一下母亲那饱含关切的唠叨。

最苦真的是娘心

腊月二十五，母亲肩挑手提，大包小包，蹒跚地坐上了开往乌鲁木齐的高铁。

在新疆居住的大妈去年毫无征兆地罹患食道癌，至年底已几乎无法进食。得知消息后，母亲就寝食难安，一遍遍地念叨着大妈的好，一再表示要亲去探望，陪侍大妈于病床左右。念叨归念叨，可是母亲怎么能够离得开呢？孙子孙女都在上小学，一日三餐全靠母亲料理，我和妻子工作又忙，根本无法照管。

好不容易挨到了寒假，大妈却又去了北京做手术，经过一番“刮骨疗毒”，终于在小年腊月二十三回到了家。强忍身体的虚弱和伤口的疼痛，大妈到家后的第一件事就是给母亲打电话，问母亲什么时候去看她。

大妈和母亲本来天各一方，因分别嫁给大伯和父亲，自此相识、相交和相知。父亲兄弟两人在20世纪70年代初，迫于生计压力，离开故土民乐走西口，最终在新疆阜康一个叫五宫煤矿的地方找到了栖身之地。作为妯娌的大妈和母亲，每天在父亲两兄弟进入煤矿作业后，相依相伴着挖窑洞、打土坯、务农活，并互相照顾着分别生养下了堂哥、堂姐和我们姐弟，共八个孩子。

虽然是大字不识的普通妇女，大妈和母亲身上却都闪耀着传统美德的光辉。两家哪边有干不完的活儿，就互相帮衬、不讲亏欠，起早贪黑地一起干。对于孩子都视为己出，嘘寒问暖，亲切呵护。在共同生活的十多年里，大妈和母亲一起分担苦难，感情胜似亲姐妹。后来家里发生变故，母亲惜别大妈重返口内。

听着话筒中大妈疲惫虚弱的声音，母亲心如刀绞，立即表示会尽快动身前去探望。

腊月二十四中午，我去火车站给母亲取来了高铁车票。拿到火车票的母亲流露出即将重见大妈的欣喜，旋又显得心事重重。看着我和妻子午饭后急匆匆地出门上班，母亲说："我走了，你们忙成这样，啥时去置办年货？还有一床被单没有洗，你们有时间洗吗？把孩子单独留在家里，我不放心啊！三十下午的灌肠饭，你们做得上吗？……"

多年来，家务事都由母亲打理，无论是接送孩子上下学，还是买菜做饭，母亲全部默默地承担起来，不说苦不叫累，为我们安心工作提供了坚实的保障。听母亲这样一说，我愣了神，平实只顾忙工作，习惯了依赖母亲，哪里还考虑过这么多？一刹那，我明白过来，母亲就意味着家，母亲在，温暖的家就在。

晚上下班到家，厨房里飘出了阵阵香味。原来母亲正在忙碌着熬卤，为我们制作熟食。她一边留意着“咕咕”作响的卤锅，一边还在“咣咣”地剁着饺子馅。

母亲说：“我把这些给你们弄好，到时候你们就不着急了。要是时间不紧，我再炸一些你们爱吃的油果子。”她知道我们忙，知道妻子不善烹饪，恨不得将过年期间的东西都为我们准备好。用母亲的话说，她走了，家里的锅好像也被她带走了，我们只有饥一顿饱一顿的份儿。

看着厨房里母亲日渐单薄瘦弱的身影，我鼻子酸酸的。我出门从来都是拎着包就走，母亲出门却有着这般的放不下。面对两边的亲情，花甲之年的母亲竟然走也不是，留也不是，而母亲这般作难仅仅只是因为我——她已经抚养成人的儿子。在母亲的眼里，孩子永远都像嗷嗷待哺的小鸟，永远都长不大！

然而大妈的呼唤，一声声叩着母亲的心扉。最终，腊月二十五的火车带走了母亲的叮咛和嘱咐。

母亲去疆后，接下来的几天，我们的生活失去了秩序，饥肠辘辘时填塞胃口的还是母亲烹制好的食物。

到了大年三十，我们手忙脚乱地扫房屋、购年货、贴春联、走年坟。晚上，象征团圆的饺子上了桌，女儿燃放的璀璨礼花照亮了美丽的夜空。

正当我们一边吃饺子，一边欣赏春晚节目时，手机响了，是新疆堂姐的微信，接通视频，母亲慈祥的面容跳入眼帘：“你们在干什么？吃过了没有？吃的是什么？今天要吃饱，以后就不挨饿……”一句句急切的询问中满满的都是母亲的担心和牵挂。

霎时，我的心被母亲温暖话语刺痛了。父母的心在儿女身上，儿女的心在石头上。万家团聚的夜晚，母亲守候在大妈身边，心却四分五裂地回了家。我们只顾享受着轻松惬意的时光，竟忽视了千里之外的母亲和对她的牵挂。在家里，母亲时刻牵挂大妈，在新疆，母亲心中不安地牵挂我们，最苦真的是娘心。

“想想小时候，常拉着妈妈的手，身前身后转来转去没有忧和愁……”耳边传来了刘和刚深情的演唱，我也如同现场的观众，眼中刹那噙满热泪……

父亲的背影

这是断肠声里的清明。漫天的风沙，没有生命的小草，一望无际的旷野，渲染着祭奠亲人的凄怆。

在遥远的西北新疆，那个默默的黄土坡上，父亲一定在这个时候，痴痴守望着通向山口外的道路，等待着儿女们来探望他的身影。一年又一年，人流熙熙攘攘，来了又走，走了又来，却唯独不见他最疼爱的儿子。

这个儿子就是我。我的上面有三个姐姐，在 20 世纪 80 年代初，我的出生，给父亲带来的欣喜可想而知。为了给我补充营养，父亲耗尽积蓄特地买来一只山羊，专门给我挤奶吃。在我满月的时候，父亲又宰杀了家中仅有的一只大羯羊，请来邻居和好友，热热闹闹地摆了筵席。父亲为我的到来而高兴，一点不在乎将要为此比别人吃更多的苦。

老家的相框里面，有好几张我小时候的照片。记得有一张，父亲满含笑意地抱着约莫一岁的我，站在土坯房前的菜园里，身穿一件白色的衬衫，头戴一顶帽子，应是当时农民很普遍的装束，可惜只有半身。还有一张，我坐在一个小汽车里面，手握方向盘，兴奋地看着前方，这可是照相馆里的道具和布景，据说父亲为此挨了节俭的母亲的训。那个年代没有现在常见的五寸相片，大多为火柴盒大小，一律黑白色。相比而言，几个姐姐就遭到了不公的待遇，几乎没有留下几张幼时的照片。

父亲的脊背是我童年的摇篮。他空闲的时候，总是喜欢走走，总是叫上我，却不让我走路，而是选择将我驮在背上。即使上下地干活的时候，也不顾及劳累，把我从家里背到地里，再背着我和夕阳回家。

父亲对我的偏爱，也表现在给我的起名上。他搜肠刮肚想出“冠军”，叫来叫去感觉不顺口，又起用当时流行的“建军”，但是这个词不足以表达对我的喜爱和期盼，遂改为“建俊”。这个名字，父亲仍然表示不太满意，一直琢磨着更富有寓意和表达他心声的字。如果时间允许，不知父亲绞尽脑汁还会给我想出其他什么“高大上”的名字呢！

父亲出生于 20 世纪 40 年代，是个文盲，但是凭着他的聪明好学，竟然自学学会了辨认和书写不少常用字。现在能看到的父亲笔迹，是家中留存的一个农业社的户口本的最后一页上，父亲用圆珠笔歪歪扭扭地记载了我们五个孩子的小名和出生年月日。每一笔都显得生硬、别扭，但是每一横每一竖都写得极其认真。父亲的一双大手是握惯了劳动工具的，在他掸去衣服上的灰尘，握着那细小的圆珠笔芯，用心吃力写下几个孩子的名字时，该是怎样的心理呢？我想，我也懂得，父亲的眼里一定不是压力，唯有满满的快乐。

父亲留给我的记忆很模糊，因为他陪伴我们的时间实在太短。我七岁的时候，父亲已与病魔抗争了两年。每次住院几天刚能打起精神，他就急着回家，急着回到他的孩子中间。这个时候的父亲不再那么焦躁，而是亲亲这个，抱抱那个，催促大姐快点去写字，叮嘱小姐要照看好我和弟弟……也许他曾经无限深情地凝望着几个孩子，内心里五味杂陈，可惜年幼的我们都没有捕捉到，也没有更深的理解，怎能知道这究竟意味着什么？

我记忆里最清楚的是父亲的背影。那天，他好像从医院回来不久，应是一个深秋的傍晚吧，天气有点冷，我出门寻找父亲，发现他一个人蹲在屋后的土堆上面，看着北面光秃秃的田野，依然戴着那顶帽子。父亲蹲了好长时间，没有任何动作，只是呆呆地望着前方，身影是那么憔悴、落寞。现在想来，病入膏肓的父亲那时心里该有多么地不甘和无助，面对秋后一切归于宁静的大地，想他不可预期的疾病，还有他未长大的孩子，他的脸上一定是挂满了冰凉的泪珠。这个背影也是父亲最后定格在我脑海中的印象。

母亲说父亲不是一个沉默寡言的人。可是，父亲走的时候，却没有留下只言片语。正值中年，上有双亲，下有嗷嗷待哺的孩子，疾病却像魔鬼无情地侵占了他的肌体，苦闷和压抑，担心和无奈，父亲应该感受得真真切切，但是他从来没有向母亲和我们说过。我想他的眼里，作为长子的我太年幼，没有办法为他承担起一点点重担，他只有将不甘的眼泪和对我们的爱深深埋在心底。

唯一听到父亲留给我们的话，还是母亲转达的。母亲说，父亲在弥留之际，已经无法认识去探望他的人，只是攥着母亲的手，一遍又一遍地说，“俊娃子（我的小名），你要好好上学；建凤（大姐），鸡飞到墙上了，快赶下来……”父亲弥留之际，我和姐姐、弟弟都不在他的身边。那时，交通非常不便，从村子到父亲住院的市里没有任何班车，要到市里去只有央求村边拉煤的卡车不停地换乘。或许是担心我们的学习，还有我们年纪尚小，父亲不忍心让我们耽误学业，也不忍心让我们冒着长途颠簸的危险前去探望。他在撒手人寰的时候，潜意识里满满都是对我们子女的不舍和无尽的牵挂。

父亲离开时，恰值天降大雨，数日未绝，老天好像也在为这人世间最悲情的场景涕泪滂沱。那是 1988

年 5 月，当时他的孩子中最大的是大姐，15 岁，最小的是弟弟，5 岁。

天渐渐昏暗，或许四处蔓延的思念太过沉重，没有发现太阳早早隐没了身影。我拉开窗户，西北风扑窗而入，像父亲伸出的手，带着粗糙的春意，抚着我的面颊。我仿佛看到父亲笑着向我走来，又弯腰稳步走向乡间的田野，他的脊背上正趴着一个快乐的小男孩。

你是我的眼

纱布一层层被轻轻打开。我的心提到了嗓子眼，热切的期待化成无数个气泡，瞬间在胸口膨胀，只等待拨云见日的一刹那。

深吸一口气，我缓缓地睁开眼，却感到有无数根针尖同时将胸口膨胀的气泡一起刺破。

世界与我，依旧是印象派画作中刻意模糊了的背景。医生在眼前来回晃动的手指，我依然辨别不清，只感到面颊上掠过丝丝透骨的凉意。

邻床的一位大妈发出一声叹息："呀！这么年轻就看不见了？真可惜呀！"接着又是叹息。

一声声叹息仿若一记记铁锤砸下，我听到自己的心发出支离破碎的声响，精神的大厦轰然倒塌。我再也无法遏制自己的情绪，扭头像狮子般咆哮，仿佛身边的人正拿着满把的钢针。"你看到了吧？看清了吧？没用的，你滚，滚——"

先是沉默，再是一阵窸窸窣窣的声音，然后，我听到身旁的女孩拉开病房的门决然而去。

我的心揪了一下，整个人向痛苦的深渊坠落。要不是去办证前从天而降的车祸，我们半年前就走进婚姻的殿堂了。

半小时过去了，没有女孩的声音。一小时过去了，女孩还是没有出现。我的心中空荡荡一片。

车祸给了我一个模糊的世界。外出的每一步都让我举棋不定，战战兢兢。我想自己在别人眼里，就是一个蹒跚学步的婴儿。

如果女孩出现在身边，我的心里一下子就踏实起来，如同老农看着秋收的麦场。女孩挽着我的胳膊一次次奔走于医院之间，又一次次将光明的希望寄托于下一次的治疗。

我曾横下心说："我都这样了，你走吧，我不拖累你。"女孩岔开了话题："下月底有一位眼科专家来我们这儿巡诊，到时候我再带你去看看，说不定就治好了呢！"

世界在眼前混沌不堪，我度日如年，有时盼着下月底赶快到来，有时又担心这一天来得太快。

又一小时过去了，没有女孩的声音。又半小时过去了，女孩还是没有出现。我愈发焦躁不安起来，看来她早就巴不得找借口一走了之呢，我的猜想今天真的应验了。

受伤后，我盼着女孩下班后陪我到外面走走，我很享受女孩挽着我的胳膊在晚风中漫步，可是我明显感觉到，女孩来陪我的时间在慢慢减少。

也不知何时起，女孩开始喜欢听《你是我的眼》，喜欢一遍遍听林宥嘉那悲情的低吟浅唱，直听到有泪水无声地滴落在我的手上。我越来越感到我们在一起的时间不多了。夫妻本是同林鸟，大难临头各自飞。何况我们呢？

我记得那次女孩还说："等你眼睛好了，我们一定举办一个有模有样的婚礼。"女孩的意思很清楚，我想，眼睛要是不好了，结果明了的时候，应是我们分手的时刻。

这次，专家说已经尽了全力，可手术丝毫没有达到预期的效果。我的绝望、不甘、委屈、痛苦霎时如山洪暴发。

"那个女孩本来眼泪就扑簌簌地掉，你又那么凶她，一定凉人家的心了。"邻床大妈看出了我心中的空落，好心劝慰，但这更让我万念俱灰：女孩是看清我的无可救药，彻底甩手走了。

这时门动了一下，接着有东西放在了我的手中。

"这个是我家的户口本，下午你出院我们去登记办证。"又一样东西递到了我的手中，"这个银行卡，是我这段时间下班后兼职赚的，我们一定要按当时的约定举办一个像模像样的婚礼。以后，我就是你的眼！"我的耳旁，女孩的声音坚定异常。

病房窗外，不知太阳何时钻出云层，一扫阴霾，温暖了小城的千家万户。病房里，我手机播放出的音乐轻舞飞扬，带着我的吟唱，久久地回响：你是我的眼，带我领略四季的变换；你是我的眼，带我穿越拥挤的人潮；你是我的眼，带我阅读浩瀚的书海。因为你是我的眼，让我看见这世界就在我眼前……

家有天使

成了家就有了天使，有了天使就开始了有故事的生活。

侄儿豆豆跟着奶奶来家里的时候，一岁刚过点。或许男孩子生就胆大好动，当晚就和我没有了陌生感，一起捉起了迷藏。房间熄了灯，我像蜘蛛侠紧贴门后墙边，屏息凝神，他颤颤巍巍地左右摇摆着，循声急切而来，在各个房间中探头探脑，对黑暗无所顾忌，看到我后，满脸喜气，拉拽我的手指，嘴里发出含混不清的欢呼声，将快乐演绎得简单生动。

小家伙的到来，为我生活增添了不少乐趣，我也仿佛从那稚子童心中，看到了自己幼年的影子，想必和他有着同样的天真无邪和快乐率真。只要他睁开眼睛，就没有片刻的空闲，不是将房间所能够触及的每一样物品都翻个底朝天，就是趴在电视柜上，把玻璃柜门敲得“咔嚓”作响，要不就是拖上我的皮鞋煞有介事地满地挪动，抑或直直地趴在地板上，对着滚落沙发下的小球哇哇呀呀……

妻子的生产，更是锦上添花。妹妹林林的到来，极大转移了豆豆的注意力，他不再整天说着含混的语言爬上爬下，而是不时地跑到林林的床前，看着襁褓中“咿呀”的妹妹，快乐地发出更大的“哇哇”声。看到林林换尿布时，光着屁股边哭边不满地扭动，他会伸出手去抓那在空中胡乱蹬着的小脚，一不小心却被蹬痛了脸，自己也哇哇大哭起来，结果是林林停住了哭声，好奇地看着身边的这位哥哥。想来她对眼前的景象，一定感到既新鲜好奇，又无法理解吧。

奶奶既要带孩子，还要给我们做午饭，大一岁两个月的豆豆就责无旁贷地成了看管林林的“小保姆”。林林睡觉的时候，他会显得焦躁不安，时不时去床边察看，一旦发现妹妹睡醒了，就立即欢天喜地向奶奶报告，因此林林从没有用声嘶力竭的哭喊抗议过大人对她的忽视。七八个月的林林坐着学步车满地转悠的时候，豆豆忠实地守卫在一边，适时拉动卡住的学步车，救林林于困缚之中，若发现地上有便溺迹象，马上将厨房的奶奶领至现场。豆豆的不间断义务“侦察”，着实帮了奶奶的大忙，让奶奶轻松地做到了搞卫生、做饭和看孩子样样不误。

随着林林的一天天长大，豆豆的付出得到了回报，他有了一个可以玩耍的“死党”，全家人的噩梦也由此开始，用奶奶的话来说，“宁去河坝背一天石头，也不带一天娃娃”。确实，只要对两个人稍不留神，那么迎接你的保准是满地“疮痍”，整个房间都乱七八糟的像是才经过战争的洗礼。客厅的烟灰缸、我的茶杯、电视上的遥控器都在他们的嬉戏中提前结束了年轻的生命。还有我保存的不少东西，也就是在这种情况下“寿终正寝”了。

记得床头柜中有不少我上学时听过的音乐磁带，每一盘都是我当时省吃俭用所得，每一首歌都浸透着我的青春记忆。尽管这些盒带占地方，但是几次搬家，都一直没有舍得丢弃。那日下班归来，客厅难觅他们的踪影，问厨房的母亲，说是在阳台上玩耍。我兴冲冲步入阳台，眼前景象让我欲哭无泪，只见两人坐在地上，头上身上到处缠绕着细长的磁带，正张牙舞爪不停地拉扯，试图给自己松绑，然而磁带越拉越长，身上也就越缠越多，活脱脱就是中了“盘丝洞”妖魔的招儿，我又好气又好笑，却又不得不上前去解救他们，只可怜我的数年珍藏一朝化为乌有。

电视机上放着一瓶鲜花，娇艳欲滴，令人赏心悦目。不知什么时候这瓶花被两人盯上并偷偷打起了主意。真所谓“不怕贼偷，就怕贼惦记”，一天，乘奶奶不注意，两人默契地玩到了电视机前。林林看着电视机上摆放的鲜花，踮起脚尖试着去取但明显“海拔”不够，豆豆仗义地连推带抱，帮助林林爬上了电视柜，然后看着林林小心翼翼地站起，伸手去够花枝。“哗啦……”，花是被够着了，但代价是花瓶应声在地板上摔得粉碎。奶奶听到声音，赶紧从阳台上出来，看到满地的碎片，气不打一处来，就去揪站在电视柜上吓坏了的林林。“跑啊！”刚才还傻傻站着的林林看到怒气冲冲走过来的奶奶，突然明白了后果，大喊一声，并以迅雷不及掩耳之势飞快地从电视柜上溜下来，先于豆豆逃掉。反应过来的豆豆刚要开跑，却已被奶奶赶上。“啪，啪”，豆豆的屁股上很响亮地挨了两下，尽管如此，这小子逃跑的脚步还是没有停下。面对如此场景，奶奶还能说什么呢？

俗话说“童言无忌”。豆豆两岁多的一天中午，我和妻子午饭后拿起衣服刚要出门，豆豆闻声跑了过来，“你们上班班去吗？”“嗯。”我转身看着小不点说。“我也上班班去呢。”“不行，你还小，上班班去人家不要。”我学着他的发声向他解释。“你们咋要的呢？”“我们都是大人，所以就要呀！”“我也大了。”他依旧不依不饶。“没有，你还没有长高，是小人。”“不——我是小大人！”看着他一本正经的样子，我们笑得前仰后合……

林林两岁多时，一直用一个小红瓷碗吃饭。一天，我带林林去看姥姥。玩耍的林林忽然在姥姥家的厨房里大声叫我，我走了过去，只见林林端详着饭桌上的一只碗，看见我走过来，她指着饭桌上那个碗，说：

“爸爸，你看，我的碗长大了！”我先诧异，遂即狂笑。姥姥家的这只碗确实和林林在家吃饭的碗一模一样，不过个头要大许多，她哪里知道此碗非彼碗也。

父母是孩子最好的老师。父母的语言、行为在不知不觉中会潜移默化地影响着“质本洁来”的孩子，当某一天，孩子表现出你习惯的方式时，你自己都会感到不可思议。

我们房前是一所中学的操场，常有上体育课的学生喊着口号在跑步，这常常吸引着在家闲来无事的豆豆和林林。一天下午，窗外又响起了学生们跑步时嘻嘻哈哈的声音。豆豆和林林的注意力一下子就被吸引了，无奈两人小小的个头连窗沿都够不着，更不要说欣赏外面的景象了。豆豆勤快，赶紧去抱了茶几下的板凳过来，踩在上面，小脑袋探过了窗沿，外面远处的景物也还能看个大概。林林着急得不行，但又不愿去抱板凳，只是站在豆豆的身后哼哼唧唧地要拉豆豆下来。豆豆坚决不下来，还装模作样看得津津有味。当时豆豆只穿着开裆的线裤。林林哼唧了半天，看豆豆没有下来的意思，而窗外的嬉闹声又像散发着芳香的花朵那样对她魅力无穷，她就突然扯下豆豆的线裤，并伸手在豆豆的光屁股上用指甲抓了一把。可能是生疼的感觉远比看景物的快乐来得猛烈些，正专注于窗外风景的豆豆一下子转过身，双目圆睁，狠狠地对林林说:“你再抓我，我一脚把你踢得远远的。”家人大笑，要知道,“一脚把你踢得远远的!”这话可是我的“专利”。在他们两人不听话的时候，我就会吓唬说:“再不听话，我一脚把你踢得远远的。”孰料，现在却被他学去恐吓别人。

林林还在穿开裆裤的时候，常常玩失踪。起初，奶奶大呼小叫，挨个房间寻找，生怕出什么篓子。次数一多，也就熟悉了林林的“套路”，不再为她的暂时“失踪”而急切。原来，乳臭未干的小丫头迷恋上了学着她妈妈的样子进行自我打扮。她把自己关在卫生间，站在抱来的小板凳上，对着镜子，将自己的黄发蘸上水梳来梳去，直到心满意足后再开始洗手，两个袖头子都湿透了，才意犹未尽地转到给脸搓油，一番折腾下来，洗脸盆沿、木梳上都糊满了脸油，仿佛需要滋润的是这些物品而不是她的脸蛋。或许是受到妻子的影响，林林对长发情有独钟。看见湿毛巾就喜欢得不得了，总是将湿漉漉的毛巾一头置于头顶，一头垂于肩上，时不时摇头晃脑带动毛巾摆动，在我们面前走来走去，乐滋滋地沉浸其中，俨然湿毛巾已经成了一头长发，而她就是童话里城堡中的美丽公主。

作为一起成长可以平等对话的小伙伴，两人在亲情中结下了亲密的友谊，整天形影不离，互相玩乐游戏，一定程度上省去了我们看管的麻烦。有了同伴，两人也就有了相互学习、比较的对象。哥哥不去吃饭，妹妹休想叫到餐桌前，妹妹要剩饭，哥哥绝对也吃不完。要是一个表现积极受称赞，另一个会表现得更积极完美。一个不在家，另一个就无所适从，缠着奶奶，不停地问："我们干啥哩?"好像成了一只失群的孤雁。别看好的时候如同一个人，两人臭起来的速度如同六月的天，常常为抢看一本书，争吃一颗糖果等芝麻丁点的事翻脸，这时我就成了青天大老爷，总有断不完的官司。这会儿你还在冥思决断，一转身却发现他们早又玩在了一起，内心的纯真无邪显露无遗，而他们丝毫不计前嫌，迅速"放得下"的这种境界常常让跻身红尘中的我唏嘘。

最让我哭笑不得的是，两人干了坏事，却判断不出是何人所为。问豆豆说是妹妹，问林林说是哥哥，诬赖的人一本正经，被诬陷的人不气不恼，考的就是你的判断力。让我最哭笑不得的是两人互相幸灾乐祸的时候，一个人做了坏事要受惩罚，另一个一溜烟地会给你拿来棍子。不过，大多数时间两人选择的是惺惺相惜，快乐着对方的快乐，痛苦着对方的痛苦。生病要输液扎针，随着一个的哭叫，另一个也在针管划出的弧线中作满脸痛苦状。孟子有道：恻隐之心，仁之端也。我想，或许这就是人世间未经玷污的最纯美的人性吧。

日子在倏忽中溜走，如今打开生活的收藏夹，回头张望，孩子给我生活带来的那些过往的快乐，如一幅淡淡的山水画，在我面前徐徐展开，温暖了记忆，耐得住品味。

童年的风筝

一场淅淅沥沥的春雨过后，昨日还依然料峭的寒风，一夜间竟温柔和煦，催着草木泛出了青绿。吹面不寒杨柳风，这样的天气，正好去放风筝。

前几天，女儿的学校组织放风筝，女儿吵嚷着说买的比自制的漂亮，我就从商店给买了一只“蝴蝶”。放学后，满以为会看到女儿欣喜万分，结果她却将风筝丢在一边，嘟囔着说，这风筝根本不能飞。问及其他同学，说都是买的风筝，也都不飞起来。女儿的话触动了我的思绪，童年时的那些春天，将风筝放飞在蓝天，也何尝不是我那时最大的渴望呢？

记得在春意融融的周末，我和左邻右舍几个“鼻涕虫”伙伴，早早地赶写完了作业，就凑在一起做风筝。书上所说要必备的材料，如竹篾、胶水、皱纹纸、卷线轴，我们一个也买不起，但这根本无法阻挡我们的热情。放在猪洞上的成捆的芨芨草，父母用来扎扫帚，在我们看来却是做风筝骨架的上等材料。从中抽出粗而长的几根，滑动手指，剥去外面干枯的茎叶，干这活儿需要小心翼翼，否则会扎刺，好在我们皮粗肉钝，一般不会有事。剥好的芨芨光滑溜圆，捏捏不是空心即可。然后乘着哪家的大人不在，就溜进去，找一个小铁盆，倒入少许水，坐于火炉上，再抓几把面徐徐放入盆中，用木棍不停地搅动，待面变得黏稠，糨糊制作就大功告成。没有轻薄花绿的皱纹纸，就找来父亲卷烟用的报纸，而母亲纳鞋底的麻绳或者棉线，正好偷出来作引线。

万事俱备，我们就照着书中的景，用折短的芨芨草扎出骨架。为确保坚韧，通常要三根芨芨绑一起，作为一根使用。之后将发黄的报纸，用糨糊粘牢在骨架上，再粘贴上裁剪成长条状的报纸尾巴。看着手中的风筝渐渐成形，小伙伴都无比兴奋。要在这时谁毛手毛脚弄烂了报纸，或者扎散了绳子，大伙儿准会群起攻之，直骂得他不敢再伸手为止。

风筝终于扎好了，我们个个像刚下完蛋的母鸡，兴奋得满脸通红，仿佛已经看到风筝在蓝天白云之下自由地飞翔。小心捧起风筝的我们，恨不得肋生双翅，一下子飞到野外的空地上。要放风筝了，个子高点的负责将风筝高举在头顶，站在田地的高埂上，我跑得快，理所当然成了拉线者。只听得田埂上的那位说一声："跑！"我便火烧屁股似的一直朝前蹿。刚还听得其他人喊："起来了，起来了！"正要得意地歇下脚步，却又听急呼："跌下来了，跌下来了，快跑！"可怜我顾不上回头看一眼，在犁翻后的土地上，避让土块，跨越沟坎，犹如受惊的驴子迎风狂奔。怎奈风筝上的报纸一直只在身后"哧啦啦"作响，怎么也飞不上去。

我们重又围拢在一起，又是剪粘尾巴、又是重置引线，然后满怀信心地再次放飞。几个回合下来，风筝栽得松松垮垮，报纸腹面摔出几个大口，人人都累得汗流浃背，双腿发软打战，可是风筝照样摆出一副宁死不飞的架势。半天折腾下来，往往人困马乏，风筝也面目全非，葬身旷野。倘若风筝幸存，我们就乘着暮色，悄悄地将它藏在草房中，或者牲口圈内，老人有忌讳，是绝对不让带风筝回家的。次日，再次拿出幸免于难的风筝，我们如同见到劫后余生的亲人。

那些童年的春天，我们都会怀揣遨游蓝天的渴盼，动手制作风筝，尽管做成的风筝像鱼也像蝴蝶，一次也没有高飞过，甚至，为放风筝栽得土不溜球，常常被母亲追打出门，也照样乐此不疲。

为给女儿和自己圆梦，我从网上找到一家山东潍坊的店铺下了订单。不几日就拿到了这副"笑脸"风筝：乌黑的眼睛，微翘的嘴角，在黄色背景的映衬下，显得俏皮可爱。"笑脸"颜色靓丽，用材也不多，异常轻巧，引线更是细而坚韧，比起自己童年时代的"大手笔"制作，真可谓天壤之别。

带着女儿来到郊外，已有几个孩子嬉笑打闹着，和父母一起放风筝。“风筝故乡”来的风筝确实非同一般，女儿刚一放手，风筝就如同饥饿的骏马，急不可耐地扑向天空的原野。看着“笑脸”在风中憨态可掬地扶摇直上，女儿抢过了缠绕引线的转盘，我想她的心里一定乐开了花。我的思绪则追随着白云下的“笑脸”，轻盈地飘动着……

“爸爸，我不放了，给你！”思绪飘动还不到十分钟，我就被女儿塞过来的转盘打断。未等我分说，她已跑去加入了不远处几个孩子的嬉戏中。抬眼相望，不知何时，几个孩子都撇下了手中的风筝，一起玩起了自己的游戏。我忽然明白，放风筝的乐趣，不在于让风筝高高飞起，其实在于亲自动手制作、放飞的过程，以及这个过程中所充满的希冀。这样说来，那时的我们应比现在的孩子更快乐吧！

心念一动，手中的风筝已经脱线，化成一个小黑点，自由地飘向远方。

陪孩子一起长大

“不见个头长，只见鞋子小。”母亲一边念叨着，一边从鞋柜中翻出女儿的一双鞋，很惋惜地拿在手里端详一番，然后恋恋不舍地将无奈和鞋子装入垃圾袋。听着母亲的絮叨，我眼前浮现出女儿成长进步的一幕。

那天中午，女儿放学回家，递过来一张奖状，打开一看，我喜上眉梢，原来这次期中考试，她被评为“勤奋之星”，还得到了一本书作为奖励。这下真让我对女儿刮目相看了。

上学期，我曾许诺，只要考出好成绩，就满足她的一个愿望。她也表示同意，还拉着我的手指说，不许反悔，到时候她要一双旱冰鞋。

眼看期末考试已经迫在眉睫，我心里火急火燎，提醒她加紧复习，可是她依然外甥打灯笼——照旧。每天做完作业，就像水一样悄悄地溜开，迫不及待地去找她的小伙伴了。对于考试不考试，很明显，她根本没有放在心上。

期末成绩下来，距离她的承诺，还差一截儿。期望在我心中化成泡影，她却仍是一副满不在乎的神情，放下书包就吵嚷着要看电视，还死缠烂打“哼唧”不停，拉我们去超市实现她的愿望。我怒其不争，甩手拒绝。

这次看来，奖状应该可以一笔抹去她上次的失败。待我要表扬她的进步，想着是否买一双旱冰鞋奖励她时，却发现她已安静地坐在书桌边，拿出作业埋头写了起来。

看着她专注的神情，我心里一下敞亮起来。谁说孩子没有一天天在成长？她的生命，是生长在春天里的一株小草，一场春雨就还大地一片鲜嫩的绿。恍若一眨眼的工夫，她已经不是天真顽皮的蓬头稚子，而是一名要好好学习、天天向上的小学生了。

我庆幸当初没有去强迫她坐在书桌边，也没有因为她不入眼的表现而痛心疾首地训斥。一粒种子从发芽到开花到结果，除了需要除草、浇水这样的呵护，更得益于阳光的普照。

家南面一墙之隔是一所寄宿制中学，每年九月，我看到稚气未脱的新生走进校园，脚步轻盈，目光清澈。当学习拉开帷幕，他们成了舞台上无法卸装的演员，跟着成绩的指挥棒，筋疲力尽地舞蹈，像陀螺永不停歇地旋转。他们走向教室、餐厅、厕所的脚步那么慌忙急促，张望世界的目光那么迷离疲惫。我想他们每天掀去的日历上，一定没有阳光的记忆。

清早晨练的母亲，常常看着窗外感叹说，现在的学生真苦！听得我满身都是簌簌作响的心痛。女儿已经长大，我的面前晃动的不再是那个怀抱毛绒玩具、穿着妈妈的高跟鞋、煞有介事自问自答的小丫头，她虽才上三年级，已经识得个中愁滋味，懂得要为学习成绩而战。她童年的天空里，本应有春烟中拂堤的杨柳，有泥融中翩飞的燕子，本应飘荡着天真烂漫、自由快乐的蝴蝶，可为什么属于她的童年却越来越短暂呢？

“爸爸，你再不陪我，我就长大了。”这是一则在朋友圈中被无数次转发的文章，它引发了许多因忙于生计而疏于陪伴孩子的为人父母者的无限感慨。我看到这句话，喟然长叹，自责陪伴孩子时间太少，但是孩子和我们一起嬉戏的时光，何尝又不是太少呢？

自从踏入小学的门槛，女儿的书包就一学期比一学期沉重起来，每天放学后，也总有写不完的作业。有的老师要求将课本上的数学题目原封不动抄写在本子上，然后再去做。抄题目的时间往往多于算题的时间。有的要求一首诗一次抄写二十遍，简单机械地重复，让孩子写得眼泪打转。这样的时候，我只有无奈和无语，不禁有点庆幸有属于自己的童年，老师布置的作业总是不太多，我们有着充分的时间去阅读课外书，去观察美丽的大自然，去尽情憧憬五彩的梦想。

“走，爸爸陪你去滑旱冰。”周末，当女儿又不得不早早起床，背上舞鞋出门的时候，我拿出早已为她买好的旱冰鞋，坚决地拉住她的小手，一起走进明媚的清晨。我看到女儿的笑脸如花绽放开来，成为姹紫嫣红的世界中最美的一朵。

小女亮亮

小女亮亮生下来的时候，我眼睛已经完全“罢工”。

在产房里，第一次听到她小猫一样又细又弱的哭声时，我抑制不住内心的激动，感到了从此肩上的沉甸甸的责任。我小心翼翼凑上前，轻轻地把小女的小手握在手中，是那样娇嫩，仿佛握着的是一朵含苞的花骨朵儿。她的手指微微蜷在一起，是那样孱弱娇小，好像是春天刚出土的一株新芽。我无法端详她的眉眼，只感到自己的一颗心已被她的软软的哭声融化。

满月要起名字了，考虑小女为天亮时出生，更念我中途失明饱受黑暗之苦，我一锤定音：就叫亮亮。一来祈愿小女的人生光明敞亮，二来期望科技突飞猛进，终有一天让我眼前也澄澈明亮。

月子里的亮亮总是不太安分，妻子喂她吃了奶水，看她拉着鼻音安然入睡，就尽可能慢和轻地将她放在床上，状如做贼，刚暗自庆幸地转身长呼一口气，身后却传来亮亮连续不断的哭喊声。只需将她再次抱在怀里，哭声即歇。妻子苦不堪言，我自告奋勇，主动分担责任。按照妻子所说的姿势，抱起包裹亮亮的襁褓，哼着不着调的儿歌，在房间来回转悠，不一会儿，襁褓中渐渐传出匀畅的呼吸声。

记不清楚有多少次了，我挺着腰保持着平稳的姿势，缓缓地坐到椅子上，听听襁褓中要是没有声响，好像感觉中了彩票一样，然后轻按读书机，将自己陶醉于女儿的鼾声和动人的小说故事当中。日复一日，我竟抱着亮亮听完了之前一直认为没有时间去听的《白鹿原》等名著。

有时，我悄悄将自己的脸挨在她的额头，仔细感受小小生命带给我的温暖，传递给我的律动，想象着她皓月般的脸上怎样印刻着我和妻子的影子，想着想着我的心情就开始变得灰暗。但一天天长大的小女儿，仿佛是生产快乐、专治不开心的工厂，每天都带给我和家人说不尽的欢乐，一扫我的心田的阴霾。

亮亮六七月龄的时候，我看育儿指南说要在这时锻炼孩子的爬行，可提高孩子手脚协调能力。于是，我将她趴伏放在床上，在她头前摇动着铃铛，听到响声的亮亮很想伸手来取，无奈完全抬不起小脑袋，一条小胳膊还压在身下，只好双脚乱蹬，嘴巴里发出“啊——”的高分贝声音，好像在说：“给我，快给我！”我赶紧将手掌放在她的小脚掌前，她借力一蹬，身体挪动一截，如此反复，终于开心地用手指够到了小铃铛，我再次将小铃铛放远，她又会百折不挠地向前爬。看她小小年纪如此顽强勇敢，我很受感染，也暗暗告诉自己：决不能向黑暗低头，一定要顽强拼搏。

十个多月大的亮亮学会了观察、模仿和思考，也学会了和我们互动游戏。记得奶奶抱着亮亮出去散步，看到小狗在吃东西，回家问她小狗怎么吃东西，亮亮张开嘴巴，伸着舌头，嘴里发着“呜呜”的声音，学小狗舔食的样子活灵活现，逗得我们哈哈大笑。给她买来学步车，一开始她死死抓着奶奶的衣服不肯去坐，我滑动着学步车连说带比画，她才欣然同意坐入车中，玩得不亦乐乎，我故意尝试将其抱出，结果她“嗯嗯呀呀”坚决表示抗议，把她重新放入车中，她的吵嚷立刻停息。

我给亮亮一个金红果，她却拿着果子伸到我的嘴边，我以为她不吃，就张口咬去一块，正待第二口，她却拿回果子自己吃了起来。妻子见状哈哈大笑，向我道出其中原委。原来，亮亮的几颗小牙无法咬动金红果光滑的果皮，给我仅是“借口去皮”而已。

亮亮最爱捉迷藏，妻子故作声势藏在沙发后面，她注意观察着，听到沙发后面说“开找”，刚学迈步的亮亮立即猫腰抬脚抢先冲，我紧跟双手扶着她，她走几步，双脚跺几下，兴奋溢于双腿，再走，嘴巴里发出快乐的叫声，让人忍俊不禁。

亮亮一岁四个多月的时候学会了走路，奶奶给她的小手戴了个小铜铃，我听声辨人，碰倒她的概率大为减少。但有时候防不胜防，一不小心就会将她碰个“坐骨墩”。不久，亮亮掌握了规律，看到我走来马上躲开，让路于我，要是狭路相逢无法躲让，她会提前喊一声：“爸爸”。都说穷人的孩子早当家，看来盲人的孩子早懂事。当她扔给我皮球，我无法接住的时候，当她指着问我那是什么，我答非所问的时候，当东西明明掉在眼前，我来回摸索总也找不到的时候，她幼小的心里应一点点认清了爸爸看不到的现实。

亮亮快两岁的时候，我发现如果她需要我们去“看”的时候，准会去找她的妈妈。看到地上的小蚂蚁，草丛间的七星瓢虫，她虽在我的怀抱里却扭着头问妻子，“妈妈，你看这是什么?”她兴高采烈地穿上小猪佩奇的衣服，会拉着我的手，对我说：“爸爸，你摸摸这小猪的鼻子。”她从来没有问过我是否可以看得到，只用小小的举动一次次证明她已经知道了爸爸的不便。只有一次，还是奶奶告诉我们的，她纳鞋底的顶针掉在了地上，找了没有找到，叫亮亮来帮忙，亮亮很快找到捡起来递给奶奶，同时叹气说：“爸爸看不到，奶奶咋也看不到。”我方知道，她虽不说，却懂得，在她的心里也隐藏着一个不为外人道的秘密。

小女亮亮现在两岁过一点，每天我工作结束，抱她、逗她，听她奶声奶气天真无邪地问这问那，陪着她画画做游戏，我的心态仿佛也年轻了许多，虽然有时筋疲力尽，可是痛并快乐着。

“爸爸，我当芒果呢！”一天下午，我下班刚进门，还没有来得及换鞋，亮亮伸过一只绵软如玉的小手，拉住了我的一根中指。我被拉到客厅中央，然后顺着她的牵引方向蹲下，这时我听到了“汪——汪——”的声音。

循声伸手，我摸到了一个圆圆的脑袋，肉嘟嘟的脸蛋，快乐瞬间在我的心头荡漾。原来亮亮正趴在地上学狗叫呢。我哑然失笑，赶紧将她抱起，狠狠在她小脸蛋上亲了一下，一天的劳累霎时烟消云散。

原来，那当天中午哄她吃饭的时候，我点开了“声波帮帮忙”微信公众号在世界导盲犬日推出的一篇文章，里面有一段视频，记载了一只导盲犬带领视障者出行的情况。这只导盲犬的名字叫“芒果”，它摇着尾巴，乖巧地走在主人的身边，领着主人穿过大街和人流，顺利避开台阶，通过无障碍坡道进入了电梯间，最后带主人抵达了工作岗位。

奶奶边喂饭边解说，看得啧啧称赞，亮亮更是看得目不转睛，很快就配合吃完了饭，又叫嚷着重新看了几遍才罢休。这不，看到我回家，她急不可耐地趴在地上当起了“芒果”，还从抽屉里面找出一截绳子，非要让我将绳子绑在她的脖子里当狗绳。

她的天真让我又爱怜又好笑，但无奈拗不过她，只好变通将绳子缚在她的身上。轻轻一拉，亮亮就开始爬着走，我走哪儿，她就爬着到哪儿，嘴巴里还发出小狗的叫声，蛮像视频里导盲犬芒果的样子。

我忍住笑，拉她满房间走来走去，忽然灵机一动喊了一声：停！“芒果”闻声立停，我再说：走！话音刚落，“芒果”又接着朝前爬。我问：“亮亮，你这只‘芒果’明天带我去上班，行吗？”她奶声奶气地回答：“行呢！”我听着鼻子一酸，但心里又无比温暖。

亮亮，我们的小棉袄，愿你今生今世永远快乐，爸爸永远爱你！

第四辑

时代放歌

乡村货郎

咚咚！咚咚！咚咚咚！

儿时的我们，一听到一连串的拨浪鼓声响，就知道是货郎来了。

货郎行装简单，大都是一根扁担挑着两个木板箱，外加一个拨浪鼓。那时，拨浪鼓的“咚咚”声仿佛集结号，男女老少一听见就急忙放下手里的活，向着一个方向涌去。货郎的木板箱盖是块玻璃，透过玻璃可以看到打着方格的箱里分装着各式物品：花花绿绿的扣子、五颜六色的丝线、长长短短的缝衣针……看到有人围过来，货郎就放下担子，取出马扎坐在两箱中间，然后按照围观人的要求，乐呵呵地取放着物品，间歇还不忘摇一下拨浪鼓，渲染一下购物的气氛。

通常人群里挤在最前面的都是小孩，或屈膝蹲下，或弓腰撅腚，一点不觉得累，目光牢牢地钉在玻璃盖下心仪已久的物品上，虽然大多数时候只看不买，但因可以一饱眼福而无比兴奋。大人们只能隔着小孩子，踮起脚尖从身体间的缝隙向里张望，实在瞅不到什么，就把差不多伸进木板箱的小脑袋拨一下，若有人抽身出来，挨着的人立即补进去。

那时购买货郎的东西，可以是现金，也可以是鸡蛋、头发等物品，有时甚至是一个饼子。最令小孩子兴奋的是那些会发声的玩具，有一种塑料小鸟，在肚子里装上水，从尾巴上的小孔向里一吹，就会发出“啾啾啾”的鸟叫声，好听极了。姑娘媳妇最喜欢的是那些成扎的、五颜六色的花头绳。瓶瓶罐罐里各色的颜料，也是热门“卖点”，只见货郎用一个鬓针大小的勺子，小心翼翼地从瓶中挖出一点，又小心翼翼地倒在一小方纸上，按套路慢慢包好。在货郎捣弄颜料的时候，围观的人都屏住呼吸，生怕一不小心给吹飞了——这些颜料在红白喜事上装饰蒸馍时用得着。

等到围观购物的人都已离去，货郎才挑起扁担，摇着拨浪鼓向前走去。货郎从哪里来，又到哪里去，人们很少关注。有利嘴的问，你是哪里人？答曰甘谷人。问者“哦”一声再无语。甘谷在哪里，甘谷是省还是县，“甘谷”究竟是哪两个字，问者怕这样的问题，会被人家嘲笑，话题就此打住，但也还是记住了“甘谷人”。或许货郎没有说清楚，或许听的人以讹传讹，“甘谷人”在村民们的口中就成了“甘主人”。看到货郎，我们会习惯地说“甘主人”来了。

我上中学的时候，货郎的家什发生了改变。挑货的扁担已被自行车取代，原来的木板箱被固定在了车子后座两侧。箱内的物品也悄然发生着改变：纽扣、头绳已不多见，印着明星笑颜的磁带、有蝴蝶图案的发卡被摆放在醒目位置。塑料小鸟已不见踪影，笛子、洞箫等乐器成了孩子们的新宠。货郎也不再接受以鸡蛋作为中介的物物交换。在拨浪鼓的一声声催叫中，人们的脚步已没有过去那么急切，姑娘媳妇们也沉稳了许多，走近了却和熟人互相打着招呼并不急着观看。倒是孩子们热情依旧，缠着大人买这买那，然后拿着一阵风地跑开去。货郎的生意也还说得过去，不过，细心的买主发现，他脸上的笑容明显不如从前那么平淡、舒展、自然。

最后一次与货郎谋面是2001年的事儿了。那时我在一处偏远的学校当了老师，听见拨浪鼓响，便走了过去。仍是一人一车两箱一拨浪鼓而已，从我上中学到工作，时间已过去了七八年，货郎的家什没什么改进。隔着木板箱上的玻璃，我看到一大堆花花绿绿的碟片、没有生产厂家的电动剃须刀、没有商标的干电池等胡乱陈放着。货郎一直站在边上为我介绍着，最后我花两元钱买了一盘歌碟，货郎赶紧报还一丝谄媚的笑。在我之后，又走过来几个老师，只是瞥了一眼，就走过去了。

货郎可能觉得这里距离集镇有些偏远，就停留了他的脚步，可是这里的人已经不愿意为他再停留一步。于是他推着车子走了，留给我的是一个孤单落寞的背影……

照相机变奏曲

我的姨夫其貌不扬，名不见经传，但却是我曾经最崇拜的人。其实，不单单是我，凡那时和他沾亲带故的村人，都以能和他攀亲为荣。

姨夫个人魅力为何如此之大？只因为他的职业特殊，用当时的话说饱含着高科技含量。这么引人瞩目、令人艳羡的职业究竟是什么呢？现在说出来，你也许会觉得不屑，但时光退回到20世纪80年代，在人们的心目中，姨夫的职业却和今天搞神州八号的差不多。姨夫的职业用书面语说，是摄影师，用村民的话说就是“照相的”。用现在目光去打量，那时的姨夫就是一个“流动照相贩子”，同走街串巷吆喝的菜贩子、猪贩子同属一个行业。称姨夫为摄影师，实在是恭维他，因为姨夫拍出的照片质量用“次”来形容实不为过。

“半路出家”的姨夫自从成为摄影师之后，人生就跌入了低谷，不长时间情况又峰回路转，让他风光一时。刚开始，姨夫端着相机四处寻找商机，但愣是找不到一点生意，就是免费给人照也不受欢迎。原来村民们传言，姨夫的那个东西专门吸人魂魄，人被照了之后会浑身乏力慢慢消瘦死去。没有客源的姨夫无事可做，沮丧苦闷地又默默种了一年庄稼。不知不觉中，谣言不攻自破，照相成了一种顶时髦的事情。常有家境富裕点的村民请了他去，甜茶油粿招待之后，才请他正式工作。要照相的人早已换上了干净平整的衣服等候，邻居也都闻声前来围在跟前看新鲜。姨夫要工作了，刚刚还在院子上空"嘎嘎"回响的笑声戛然而止，观者照者个个表情严肃神色庄重，犹如参加一场盛大的典礼。姨夫站在院中，举起相机，将眼睛贴在小孔上望一望，然后放下相机，极有大将风度地左右摇着手，指挥着照相的人来回移动着，再举起相机望一望，说一声"注意喽——"，这时院子中的空气开始凝固，照相的人不再嘻嘻哈哈，而是正襟危坐，神情专注，目光焦点聚于相机，围观的人自觉停止喧哗并呵斥小孩停止打闹，屏息凝视等待着姨夫按下快门的那一刻。有调皮的小孩从相机前跑过，大人赶紧冲过去抓小鸡般地逮住拉到身边。姨夫一声"好喽"，人们像得到了解除命令一般开始动弹。还有的老人呆坐不动，直到被拉一把才回过神来，知道相已经照完了，方慢慢起身回味着刚才的一刻，仿佛才享受过一顿饕餮大餐。此时，照完相的人在邻居的围观中，幸福指数是十二分的高，围观者则眼巴巴地看着姨夫将相机装进袋中，目送着姨夫扬长而去。

相照完了，要看到相片还需要等待几周时间，于是日子在这些人的企盼中变得漫长寂寥。等一卷胶卷都照完了，姨夫就动身去县城将胶卷交到照相馆，再过几天上趟县城拿回一沓沓冲洗好的照片，如同一摞摞钞票那样诱人。看到姨夫拿着相片袋出现在街门口时，婆姨娃娃霎时像充足气的皮球，极速弹过来，“噌”地一把从姨夫手中抢过纸袋，然后一张一张细细地端详审视，神情无比投入，好像眼前是一个刚分娩的婴儿。等到每个人都看够了，主人便收回照片进屋，连同底片小心地压在堂屋正中支放着的柜子上，位置绝对显眼得让每个串门的邻居都看得到。

那时，村民们以一个家庭或一个人所照相片的多少来衡量这个家庭和这个人的经济实力。大多数的家庭是没有闲钱来照相的，这些家庭的老人们离世时也不曾有一张照片。条件稍微好点的，可以请游走四方的画像师为老人描摹一张头像悬挂在堂屋中，再就是新人结婚时照个一两张，就足以证实新人的幸福甜蜜了。姨夫还算大方，或多或少给每一个亲戚都免费照过相，很是让亲戚们在街坊邻居中虚荣过一阵子。我也正是从姨夫带回的相片中，知晓了巍峨险峻的马蹄寺，领略到了碧绿无垠的草原风光……我就畅想着，自己长大后若也能从事姨夫这种职业，那该多好。

俗话说：三十年河东，三十年河西。还不到十年的光景，姨夫就逐渐被人遗忘，我也对姨夫的职业不再仰望。县城的照相馆窗明几净，悬挂着大幅彩色的帅哥靓妹的照片，堪称经典，让每个年轻人都跃跃欲试，况且那照片彻底颠覆了丑人不敢进照相馆的传统。小村内也冒出了一家相馆，立体布景新颖时尚，照出来的相片清晰富有光泽感，人和布景融为一体，难辨真假，更是受到村民们的青睐。特别是逢年过节，一大家子人呼朋唤友，携妇将雏，照上一张全家福，乐呵呵地离去，甭提多受用了。姨夫则门前冷落鞍马稀，连忙请财神虔诚供奉数月，但越发无人问津，索性丢弃相机重操务农旧业。姨夫的大起大落，让我为之难过叹息，但想不到后来我的遭遇竟同姨夫如出一辙。

上大学后，我从不敢奢望的相机在同学们中却很普及，我也咬咬牙买了一台据说傻瓜都可以操作的相机，游玩时四处拍照，不管逆光、顺光，还是全角、广角，只要能留住身边的景象足矣。几年下来，拍摄的照片积累了厚厚的两大相册。工作后，这个傻瓜相机在同事当中已无法拿得出手，又购买了一台带有光圈的可变焦相机，还是名牌——理光，可没想到，我埋头苦心钻研拍摄技法还不到两年，我的名牌产品却已经无法示人了。身边的人纷纷用起了数码相机，轻巧便携，使用方便，不用胶卷，照不好还可以即时删除重拍，照完后还可以连接在电脑上编辑操作，实在让人眼热。正准备筹资购买，行情又发生了变化，数码相机上有了摄像功能，能录制动态的景象，这与刻板的照片相比真是天壤之别，暗自庆幸没有购买。观望一年后，难耐手心痒痒，遂耗资两千元购买一台尼康相机，广角镜头，自动对焦，触摸控制，还可录制二十分钟影像，用起来得心应手，好好地拍了一通大人孩子的照片，全部存放于电脑中，毫无选相、洗相和在相册中存放之累赘。

…………

在对相机的多年追寻中，从没有看到过尽头，我发现，好的相机就像先我一步到站的公共汽车，你不停地追赶，气喘吁吁，而车轮总是在我到站前转动，但这不停转动的，又何尝不是祖国经济建设不断前进的车轮呢？

再走北部滩

十年过去了，但十年前的那个夏天，我第一次离开故乡途经北部滩的情景却历历在目。

记得班车沿一条破烂不堪的沥青路，蜗牛般蠕动前行，时而左拐右转，时而声嘶力竭地鸣着喇叭穿村绕户。当行驶过开发区的唯一企业——银河集团后，道路两旁先前稀疏的树木索性不见了，极目望去是漫天一色的黄色戈壁滩，光秃秃的，没有一丝夏日绚丽缤纷的色彩，令人压抑而窒息。偶有零星点缀在沙滩上几近干枯的骆驼刺，被沙砾簇拥着脖子，伸着干瘪的手臂，无力地挣扎着。先前还在向车窗外张望的乘客也都没有了兴致，个个眯上眼睛，打起了盹。其时，这片茫茫戈壁滩没有名字，只因在县城最北，人们称之为北部滩。

时光荏苒，如今再走北部滩，沿途所见所感却大为不同。出民乐城，迎接你的是通连张掖、青海的国道 227 线，笔直、宽敞。在婆娑绿树掩映中，一座造型隽永寓意为“开创未来”的雕塑扑入眼帘，茵茵绿草将镶刻在底部的“生态工业园区”六个大字映衬得格外醒目。继续前行，迎面而来的是沿路一字排开的新建企业，厂门宽阔时尚而又气派。放眼远望，厂房林立，运输车辆络绎不绝，设施建设一片繁忙，处处洋溢着现代工业气息，竟难觅昔日戈壁荒滩半点荒凉踪影，人的精神为之抖擞，不经意就有了一种放歌的豪情，好一座现代生态工业园区！

作为聚集 26 个企业、吸纳 6000 多名从业人员的工业生态园区，毋庸置疑现在已经成为全县经济增长龙头。这里引进了世界第四欧洲第二的荷兰爱味客马铃薯加工公司，采用国际一流的设备生产出的马铃薯全粉远销东南亚；国内知名企业万象德农公司在这里落户，组培出的脱毒制种，带动了全县良种繁育步伐；在这里有采用国内领先工艺锻造焙烧的红矾钠，在市场上供不应求；在这里有全县最为丰产的马铃薯、啤酒大麦、双低油菜等初级农产品，拉长了产业链条进行精深加工，鼓起了农民的钱袋子……随便走进一家企业，办公区大楼宽敞气派，生产区机器轰鸣。厂房内，全自动化的流水生产线唱着欢歌，吞吐着希望；产业工人身着工作制服，看着电脑监控屏幕操纵着按钮轻松自如。生活区内，餐厅窗明几净，宿舍内电视电话网线一应俱全。

昔日荒滩无名尽风沙，今朝园区含春展新姿。戈壁荒滩十年沧桑巨变何尝不是全县经济社会快速发展的一个缩影？

山药蛋·金蛋蛋

母亲从乡下来，大包小包地带着些东西。

看着那鼓鼓囊囊的袋子，我很兴奋。每年这个时候母亲总是给我送来丰收的果实。“这里面是山楂、这个是红萝卜……”母亲一样一样地往桌上摆，岁月打磨出的深深的皱纹里洋溢着丰收的喜悦。袋子空了，但那憨憨的附着泥土的、土头土脑的身形却没有出现。

“怎么没有山药?”我连忙问母亲。

“山药今年你是吃不上了。”母亲笑吟吟地说，看得出笑容里面隐藏着丝丝遗憾，不过仍旧是一脸的笑意。“山药蛋刚一出地，还没来得及进窖，就被乡里来的人收购光了，真是想不到，我们的山药蛋如今成了金蛋蛋哩……”

母亲的话语勾起了我尘封的记忆。记得小时候，有一次新疆的亲戚带着孩子来我家走动，不知怎么我俩斗起了嘴，我说他是新疆细毛羊，他回击我是民乐山药蛋。当时我认为这是对我最恶毒的攻击语言，恼羞成怒的我在他走的时候也没有和他说话。儿时的我总感觉山药蛋是落后愚昧的象征，盛产山药蛋就意味盛产着贫穷，在它的面前我只有自卑。

不过，由于自然条件恶劣，既可当粮又可做菜的山药蛋确实是我们这里最丰产的东西。秋收季节，每家庭院中都堆满了土里吧唧的山药蛋。因为多和“贱”的缘故，村民们也就失去了打理的耐心，胡乱堆放在露天地里，或者直接拿去喂猪喂牛。看着猪和牛“咯吱咯吱”咀嚼得口流白沫，母亲总会心疼地说，可惜了，可惜了。而那些好中选优被储藏进窖的山药就成了我们这年秋天到次年夏天一日三餐中不可或缺的一种食物，有时候直接就是一顿主食。记忆中，放学的午后，妈妈下地时烤在炉边的山药是我的午餐；放牛时，怀里烫乎乎的山药伴着我把太阳送进西山。由于接连吃山药，有时胃直呕酸水，但稍好后还得继续吃……或蒸或煮，或炒或烤，或炸或煲。生活中不能没有它，但它犹如泥土般质朴的味道，却又使长年累月进食它的我望而却步。

后来，我进城安了家，山药蛋也摇身一变成了城里的一种时鲜。每年秋天母亲总要带山药蛋来，吃腻了那些貌似新鲜蔬菜的我，对散发着泥土芳香的山药蛋又怀念起来，在那厚重的味道里回味着我含泪微笑的童年。

母亲说，去年一斤卖三毛多，想不到今年卖到了四五毛，只要看得过眼的全都要，种一亩地山药收入要比其他农作物高好几百元。过去愁的是种上了卖不掉，卖也卖不上好价钱，如今是只怕你种不多，不用发愁没人要。听说，外国人在咱们县开了个厂子，农民种多少厂里收多少，时不时还派技术员到田间地头作指导。电视里头说这个厂子专门把家乡的山药蛋加工后往外销，有的还走出国门卖给了外国人。你说这么好的事情，原来哪里有啊？

近几年政府积极顺应群众加快发展的迫切要求，遵循科学规律，瞅准市场前景，化劣势为优势，建龙头，拓基地，抓服务，使得多年来毫不起眼的山药蛋摇身一变竟成了供不应求的香饽饽，难怪老百姓说山药蛋都能变成金蛋蛋，这日子越来越有奔头了。

过去，山药蛋承载着我苦涩的记忆，我咀嚼它的心情是那样复杂而又无奈，而现在它承载着我的自豪、承载着乡亲们走向明天的自信和希望。

盛世民族情

最早知道蒙古族，是阅读金庸的小说，成吉思汗铁木真率领蒙古骑兵逐鹿中原，快马弯刀，铁蹄所向，尸横遍野，更在攻破城池后大肆屠城，暴虐至极。上中学，从历史课本上认识的蒙古族，为巩固元朝政权，实行民族歧视和压迫政策，把各族人分为四等，以达到分而治之的目的。想不到今年年初，我县与内蒙古阿拉善左旗成功建立文化旅游合作联盟，搭建起了两地沟通交往的平台，我生平第一次踏入蒙古大地，对这个民族有了全新的认知。

出发当天，对民乐来说，是一个难得的好天气，但依然春寒料峭，似深秋笼罩。车子经国道，上高速，过民勤，一路疾驰，于中午时分进入了阿拉善境内的腾格里沙漠。腾格里沙漠在行政区划上主要属阿拉善左旗，西部和东南边缘分别属于甘肃武威和宁夏的中卫市。是我国第四大沙漠。尽管家乡的周围也是平沙莽莽黄入天，但是与眼前的腾格里沙漠相比，那简直是小巫见大巫。这里是黄沙的世界，黄沙的海洋，绵绵的黄沙与天际相接，根本想象不出哪里才是沙的尽头。

这是一条我们前往阿拉善左旗最近的道路，但也有八九百公里的路程。就在人和车越走越绝望的时候，忽然看到车窗外漫天梦幻一样的“草方格”，沿着公路密密匝匝覆盖天际，让人精神陡增。据说，这样的方格子固沙最好，这是风沙逼出来的民间智慧。腾格里沙漠纵贯阿拉善左旗全境，想到左旗的蒙古族同胞数年坚持这样压沙治沙，一点一点锁住肆虐的黄沙，争夺自己的家园，不禁对他们不折不挠战天斗地的精神肃然起敬，也不由为伟大祖国高度重视生态恢复治理所取得的成绩而自豪。

下午五时许，我们终于穿越腾格里沙漠，顺利到达阿拉善左旗巴彦浩特镇。巴彦浩特，蒙古语意为“富饶的城”。走下车子，一路的劳累困意顿时全消。此时的家乡乍暖还寒，而阿拉善左旗和风惠畅，温暖宜人，桃红柳绿，到处萌发着生命的力量。街道不但宽阔笔直，而且干净整洁，马路中间是绿化隔离带，绿叶婆娑，泛着光泽，生机盎然，好似雨水冲洗过一般，没有半点风沙尘渍。人行道平整如砥，无障碍建设非常标准，只管信步而行，根本不用担心脚下安全。楼宇建筑大多六层，棱棱角角体现着浓郁的少数民族风情。整个城市透着大都市的风范。

当晚的安排主要是登临距今已三百年的定远营古城，俯瞰城市夜景。定远营位于巴彦浩特营盘山西南山坡上。1731年，也就是清雍正九年，因阿拉善旗郡王阿宝在对准噶尔部噶尔丹的战争中屡立战功，清廷赏赐定远营为阿宝王爷驻居之地，按郡王等级修整定远营城。

没想到阿拉善左旗的夜晚如此璀璨夺目，就像一个色彩绚丽的聚宝盆，极大超出了我们的想象！远远的沿街两边路灯造型精巧别致，黄色铺陈绿色点缀的灯光交相辉映，各种建筑流光溢彩，火树银花，宛如灯火的天堂。色彩斑斓的霓虹灯体现着建设者的独具匠心，勾勒出一道繁华城镇的亮丽风景线。湖水、喷泉、亭台、楼阁，在灯光的映衬下魅力四射，仿若童话中金碧辉煌的水晶世界。真可谓阿拉善夜景多璀璨，“塞外驼乡”美如画。

次日早上，我们来到贺兰山脚下，参加阿拉善左旗2018年文化旅游体育系列活动启动仪式。贺兰山位于巴彦浩特镇东十公里处，地处中国农耕民族和游牧民族的交界地带，在历史上是游牧民族通往中原地区的重要屏障。贺兰山仿佛是一匹彪悍的骏马，今天，它仰天长啸，喜迎四海宾朋的到来。

彩球、彩旗、彩带把贺兰山草原装扮得喜气洋洋。我们见证了两地旅游合作联盟揭牌的重要时刻，目睹了蒙古族小伙向姑娘求婚的礼仪表演，然后坐上绿色生态的“铛铛车”，一边品尝着甜香的奶酪，一边欣赏着贺兰山春日风光，看那嫩绿和湛蓝交融在无边的原野，石刻的骆驼、玉琢的雕塑，远远伫立着，无声述说着脚下这方土地的沧桑巨变。

随车讲解的是一位身着蒙古族服饰的姑娘，说一口流利的汉语，有着明媚的笑容。从她的介绍中，我们知道了阿拉善的蒙古语意为“五彩斑斓之地”，它是世界蒙古民族传统礼仪保存最完整的地区之一。改革开放以来，全旗经济逐步由传统畜牧业为主向以工业为主转变，实现了由贫穷走向富裕，由落后走向文明，由封闭走向开放的历史性大跨越。现在已有4A级景区7家，举办过达喀尔拉力赛、沙力搏尔国际争霸赛、亚沙赛等国际性系列赛事活动。

下午，我们参观了阿拉善博物馆。博物馆位于巴彦浩特镇老城王府街北侧，是阿拉善左旗充分依托阿拉善王府历史文化优势“老树秀新枝”的杰作。馆区由历史文物陈列厅、民族风俗文物陈列室和文教卫生展厅组成，分别布设毛主席纪念像章、民俗器具、民族实物等展品，像一面窗口展现了阿拉善地区的历史、文化及风土人情。阿拉善王府从阿宝王爷开始，为阿拉善历代旗王的官署和居住地。在参观阿拉善王府中，我们最为钦佩的是第十任亲王达理扎雅。作为末代蒙古族王爷，他思想开明、胸襟广阔，1949 年 9 月 23 日，代表全旗在定远营召开群众大会，当众宣布阿旗和平起义，为维护国家统一、建设新中国做出了卓越贡献。

要是以为阿拉善左旗能够展示的只有独特的民族历史和文化，那就大错特错了。当我们参加了生态休闲马拉松大赛暨体育旅游半程马拉松赛、“旗长杯”足球精英赛等活动启动仪式，走进梦想沙漠汽车航空文化主题乐园，领略了越野 e 族阿拉善英雄会、阿拉善奇石展的风采后，无不为这块土地散发的现代气息所折服。同行的人都发出感慨：阿拉善左旗多像沙漠里的一颗明珠！

晚上的活动安排是露营。前往露营基地必须穿过大约四公里的腾格里沙漠。别看汽车在马路上神气十足，可是一进入松软的沙地，立刻就身不由己扭头摆尾跳起了秧歌。面对眼前如波涛般起伏绵延的沙丘，开车的谢师傅很是紧张，虽紧握方向盘，狠踩油门，可是车子连第一个沙丘还没翻过去就抛了锚。只有倒车，然后一次次发起冲击，结果依旧折戟沉沙。正在我们焦头烂额之时，一位健壮的蒙古族汉子主动上前来替换了满头大汗的谢师傅。他跟随着汽车的摆动，迅捷地打着方向盘，如驾着战马在百万大军中东奔西突。汽车好似一条沙海里的蛟龙，尽管不情愿地左右扭动，还是驯服地跃过一个又一个沙丘，平安到达露营基地。我们个个天旋地转，还未来得及言谢，帮我们解困的蒙古族汉子早已跳下车，在晚风中大踏步而去。

露营基地燃起了熊熊篝火，雄浑的蒙古族音乐响彻大漠，热情好客的蒙古族同胞不断邀请我们跳起欢快奔放的舞蹈。他们的歌声浸透着大漠的风沙，宏大浑厚，高亢悠扬。他们的舞姿挺拔豪迈，步伐轻捷洒脱，让我们仿佛看到一群蒙古族汉子挥舞着套马杆，在悠扬动人的马头琴声中放马而来。他们中的每一个人，不需刻意酝酿，张口就可来一曲粗犷豪放的长调，抬腿抖肩，掐腰转腕，随便就是一段奔放有力的蒙古舞。在歌舞飞扬中，我们的手不知何时已紧紧拉在一起，心也早已交融相连。

第三天，在参加完第七届亚太地区 MBA 商学院阿拉善腾格里沙漠徒步挑战赛启动仪式后，我们与蒙古族同胞依依惜别，踏上了归程。在回去的车上，回想在阿拉善左旗的所见所闻，不由思绪万千。在漫漫五千年的历史长河中，中华各民族同胞融合奋斗，共同创造了辉煌灿烂的华夏文明。最终，是中国共产党的领导下，是统一的多民族国家的建立，让各民族进入了发展进步的历史新纪元，无论是汉族，还是蒙古族，或者是其他少数民族，相互尊重、相互包容、相互欣赏、相互学习、相互帮助，像石榴籽那样紧紧抱在一起，共同描绘出了中华民族伟大复兴的斑斓画卷。

作家老舍曾在访问内蒙古陈巴尔虎旗时由衷地感慨："蒙汉情深何忍别，天涯碧草话斜阳!"回望阿拉善，我也想说，我虽离去，并未离开，期愿与苍天圣地永恒，与丝路驼乡同在。

三个盲人的故事

“看，马大庆来了！”在我刚记事时，每次与小伙伴兴高采烈打闹，要是谁说这么一句，我们就不约而同停下来，仿佛看天外来客一样，齐刷刷地注视着一个黑瘦的老头向这边走来。

老头走得很慢，手中拿着一根粗皮的木棍，来回在地上划拉。他的脚下是一条坑坑洼洼的土路，在灌溉农田时被当作沟渠来淌水，枯水季节又成了通行的道路，因而木棍所触尽是晒得干硬的泥疙棱。当他感到稍平整一些时，就把木棍放下推着走，木棍两侧各钉着一个罐头盖子，正好当作滚轮行进。走几步，他的手肘就突然向后伸一下，是木棍前端戳在了土疙棱上。他只好停下来，拿起木棍左右划拉几下，找到平顺的地方再放下，小心地推着慢吞吞地朝前走。

老头约莫六十岁的样子，按理说，小伙伴都应该叫他马爷的，可是我们都直呼他大名马大庆，街坊邻居无论长幼像约定好了似的都这样叫。尽管他也常是村民家的座上宾，可是没有人叫他马哥、马叔、马爷，因为马大庆是个“哈子”。

那时我们农村对眼盲的人都这样叫。“瞎”不说本音，而是发“哈”字的去声音，听起来很轻贱很不齿。与马大庆这样的人论辈分排大小，每个人都会感到掉脸面，因此没有人认可这个从辈分上讲应是自己大哥、大叔、大爷的人。

村民主动登马大庆家的门，不是遇上了头疼事就是家里死了人。谁家的驴丢了，谁家日子不顺了，无计可施走投无路的时候，就会请他算一卦，说不准驴子还就在算定的那几天找回了，不顺心的日子过了算定的时间感到也顺心了。十里八村有人家操办丧事，会请他去吹唢呐，马大庆就涨红了脖子，腮帮子一鼓一瘪地卖力吹起来，把整个村庄都笼罩上一层悲伤的气氛，呜呜咽咽的唢呐声也更反衬出他人生的悲凉和凄苦。

记忆中，马大庆经年累月穿着一件浸透了汗渍油渍的中山装，脸上的每条褶皱里积满了岁月的尘垢。听大人说，他年轻目明的时候娶过媳妇，眼睛看不见了，媳妇也就跑了。20 世纪 90 年代，我去了外地上初中，慢慢没有了马大庆的消息，偶尔听到的是马大庆的日子越来越不好过，因为农村渐渐已没有多少人相信算卦，丧事活动也都因倡导文明新风而从简了。我不禁深深感慨，为发展的时代，也为马大庆的生计。

时光飞逝，转眼至世纪交替之年，我接到了初中同学聚会的电话。让人意想不到的是，发起人竟是闫喜同学。

记得闫喜初一开学后才插入我们班。他有一双大大的眼睛，文文静静的样子，总是被安排坐在教室最前排。初三时，班里不见了他的踪影，听同学说他不知怎的患了眼病，失明退学了。我眼前浮现出马大庆拿着棍儿夹着唢呐摸索走路的样子，为闫喜心酸难过好一阵儿。

阔别近十年，再见到闫喜，我吃惊不小——他并没有我想象中的贫困潦倒，而是自信又阳光，同学对他的称呼已经是“闫老板”了。若不是他鼻梁上的墨镜，谁又能想到眼前这位西装笔挺谈吐不凡的小伙竟是一位盲人呢？

原来，闫喜失明后，没有像马大庆那样学算卦吹唢呐，而是去外地上了特教学校，学了中医推拿技术，然后只身来到深圳，在祖国改革开放的先行区，如一棵竹笋迅速得到滚滚春潮的滋养，贪婪地拔节生长，很快开起了自己的按摩店。香港回归后，热衷于中医推拿的香港人和居住在香港、仰慕中医文化的日本人、欧洲人、美国人，蜂拥而至，让他赚得盆满钵满，接着又在广州开了几家连锁店。他还找了一位明眼人媳妇，将农村的父母全都接了过去，日子过得红红火火，幸福满满。

席间，闫喜说，他这么多年最大的成功就是跟上了时代发展的步伐，没有被时代所抛弃。是啊，历史的车轮滚滚向前，时代潮流浩浩荡荡，只要紧抓机遇乘势而上，终归不会被这个时代所抛弃。想想马大庆，看看闫喜，不由让人感叹，仅仅间隔十余年时间，同为盲人的马大庆就仿若隔世文物，被遗忘在了历史的角落。

人生若梦，谁曾想到，我几年后竟也成了一名盲人。那时我从乡村中学考入政府机关，工作干得风生水起，渐感眼睛不适，满怀希望到大医院寻医问诊，却得到了一个晴天霹雳般的结论：我患上的是一种罕见的眼底病，目前没有任何有效的治疗方法。之后，我的视力如过了晌午的太阳，揪扯着我撕心的疼痛，一点点地将我的光明和理想埋葬在西边的天际。

2013 年 6 月，我完全失明。面对无法看清一个字的电脑屏幕，面对从家到单位不敢迈出一步的窘境，我像鸟儿折断了翅膀，像迷失的孩子无法找到回家的路。同学和亲人劝我像闫喜那样去学习推拿按摩，我悲涕长流，心里如刀割般痛楚，因为我是一名受过高等教育的天之骄子，实在不甘心那样的人生选择。

在我最纠结最彷徨的时候，县残联不知怎么得知了我的情况，理事长亲自找我谈心，向我传达了中央七部委刚刚印发的关于促进残疾人按比例就业的意见精神，热情鼓励我放下思想包袱，在工作岗位上重整行装再出发。他还赠给我一套读屏软件，让我第一次知道盲人借助这种软件也可以正常使用电脑。这些鼓励和帮助无疑都是一支支催化剂，帮我一层层融化了心底的黑暗。我很快掌握了读屏软件的操作方法，重回工作岗位，继续敲击电脑奋战在文秘工作一线。恰逢这几年国家信息无障碍建设步伐日益加快，使用读屏软件获取网上信息，通过电脑进行自动化办公，变得越来越简便快捷，我的工作效率和质量自然而然不断提升，得到单位领导和同事们的一致认可，多次被推荐接受县委、县政府的表彰奖励。

重回工作岗位，我收获了自信和阳光。妻子接送我上下班时，我坐在她的摩托车后面不再忸怩不安，路过的行人没有像我们小时候那样的大呼小叫，而是都报之以理解的微笑。这几年随着汽车逐渐进入寻常百姓家，妻子也考取了驾照，我的座驾随之鸟枪换炮，每天开始坐着小汽车上下班。谁知车还没坐几天，大街小巷又兴起了徒步健身热，想想自己每天车接车送缺少运动，毅然决然放弃车子加入步行健身大军行列。

小城无障碍设施建设真是突飞猛进。之前我担心的盲道中的电杆已被移走，断头路也被打通，缓冲的斜坡取代了原来到处可见的跳崖路。与二十多年前的马大庆相比，我有着更好的出行体验。信步所触是平整的防滑路砖，盲杖用轻巧的金属材料制成，杖头是可以全方位灵巧旋转的滑轮，更重要的是手机导航软件能时刻告诉我身处的位置，像夜航的船舶始终有灯塔的指引，我完全不用担心迷失道路。

这个时代不抛弃残疾，也从不辜负努力。2016 年 10 月，县政协换届时，我被民主推荐为一名光荣的政协委员，平等地与各界精英人士一起参与全县经济、政治、文化等重大问题的协商讨论。我精心撰写的关于推进残疾人全面小康进程、加强小区物业规范化管理等提案，被县政协列为重点提案，由政协主席领衔督办。刚履职一年，我就被评选为优秀政协委员，受到表彰。如今的我，每一天都过得充实快乐，这让我由衷庆幸自己赶上了好时代。

东方风来满眼春，正是春潮涌动时。三个盲人的故事，不过是时代发展进步长河中的一朵小小的浪花罢了。站在新时代出发的此刻，无法预测今后的结果，但我有理由相信，只要努力，我们每个人都将在并不遥远的未来开出更加绚烂夺目的花朵。

真的想去易湾村

“你姨父一家都从新疆搬回来了！”

当母亲放下电话报告这个消息时，我着实吃了一惊。

姨父举家离开易湾村去新疆已有十来个年头，一直听说在那边生活得像模像样。姨母每次来电话都表达着同一个意思：“这边出门就有活儿干，只要人不懒，每天就有进的钱，比那面山坡上背个老日头强多了。”

都说故土难舍，可姨父带着姨母走的时候对故乡却没有半分留恋。那年整个春夏没有落一滴雨，一年的收成就是“种了一袋子，收了一帽子”。姨父急得满嘴起泡，又不小心崴折了脚骨，落下了终身的残疾。

姨父平日在那边摆个水果摊，看个厂房，做个物业人员，姨母去给葡萄扒秧，给棉花打尖，去劳务市场“钓鱼”（打短工），再加上秋季拾一两个月棉花，老两口纯收入是老家的好几倍。初中没毕业的表弟居然也进入当地一家企业，当起了产业工人。一时不少村里人都学姨父开始走西口，村里刮起了好长一阵“新疆热”。

前几年，姨父接到村委会电话，说有干部结对帮扶他，要他务必回来看看。姨父很不情愿又不好推诿，就只身一人返程。原本他想荣归故里显摆一番后拍屁股走人，哪知进东家出西家转了几日，离去的想法竟不那么强烈了。

姨父其实有了自己的小九九。街头巷尾纷纷议论农村的政策越来越好，农民在家门口不但看病能报销，养老也有了保障。特别是这次启动的双联行动，不但联系帮扶时间长，而且帮扶力度据说也前所未有。既然自己家已被列入帮扶对象，说不定有好事发生，于是决定先待一段时间静观其变不如意再走人。

现在他不但没有走，还将姨母和表弟都从新疆叫了回来，真不知道他葫芦里卖的什么药。忙询问母亲缘由，母亲也是一脸的疑惑：“我正要问，哪知你姨母挂了电话，说邻居来叫她到文化广场健身去呢！”

“天啊，易湾村有了文化广场？姨母也健起了身？”我真不敢相信自己的耳朵。记得在《平凡的世界》中，田二整天叫嚷着世事要变了！可直到他死之后世事才真正开始改变。难道易湾村世事也真的变了？顿时，易湾村曾经给我留下的记忆一幕幕浮现在眼前。

这是坐落在祁连山腹地的一个小山村。远远看去，屋舍低小，星星点点分布在沟洼中，树木稀稀拉拉，努力挺出几根干枯的枝条。村前村后皆山，地倚山之坡，山仗地之绿，看到地里劳作的人们，常让我揪心他们会不会一不留神从山上滚落下来。

易湾村群众靠山却不能吃山，较高海拔的山势让村庄四季阴冷，适宜生长的农作物屈指可数。云雾好像也常常无力翻越村后的这座石山，只有在山前化雨而落。村民戏称他们生活在天爷屁股底下，最能直接感受天爷的喜怒无常，晒的时候石头生烟，涝的季节路断地毁。一年是否有收成，单靠人勤还不算，全看老天的一张脸。

因为坡大沟深的地形特点，进入村庄一直都是上坡路，走得让人两腿发软，绝望异常，只有在回首处，方可俯看阡陌相交，野旷天低树，来路宛如带。老百姓总结说上坡要推，下坡如飞。姨父那年就是火急火燎下坡没有稳住脚，成了残疾人。屋漏偏逢连夜雨，绝收加上跛足的双重打击，致使绝望的他最终上了新疆。

村民的房子大多因地造势坐落在山峁上，高低不一，犬牙差互，土坯建的墙，泥巴覆着的房顶，泥土夯实的院子，土黄色成为了村落的主色调，容易让人想起遗忘在历史里发黄的老照片。由于地势落差较大，村路一侧往往就是笔直的断崖，而有些房屋就建在崖头下。农人在土崖上刨几个窑洞，就给猪和狗安了家。

若行人走在路上，对错落的屋顶和院内的一切可尽收眼底。屋顶上大多长着灰条菜，显示着自己生命力的顽强。条件好点的人家会在屋上覆一层青色的胶泥，用原始的方式对抗雨水的浸透。

村巷几处南墙下，一年到头总有年轻或年老的闲人，披着褂子，抱着膀子，百无聊赖地晃悠着。他们的目光呆滞，看外星人似的盯着村外的来人从远走近，再目送着从近走远，然后“嗨嗨”莫名其妙地笑几声。

给我留下最深刻记忆的还要属那条通村路。每到年节，去探望姨父姨母，对只能以自行车代步的我来说，简直就是炼狱般的煎熬。

去易湾村的道路有好几条，但人迹最少的偏偏却是通村主干道。这条主干道从丰乐乡张满村出发，一路向南蜿蜒爬升，约莫五六公里才到村子。其间经过的路段，不但人烟稀少，而且都是荒岭野地。只身踏上这条土路，山风劲吹，四野苍茫，如同行进在西风瘦马的阳关古道。抬望远处横亘的山脉，听着自己粗重的呼吸，抹一把额头涔涔的汗水，心中不由生发出“云横秦岭家何在，雪拥蓝关马不前”的怆然苍凉之感。

唯一让马路显出生机的是早晚一趟的班车，带着现代文明的影子，扬起一路的灰尘，怒吼着冲上一个又一个绵延起伏的高坡，车后腾起一条黄龙，扬起的灰尘遮天蔽日。路旁的草木是呐喊的生命，可终年不见任何的颜色，每条茎叶枝杆上都覆着厚厚的尘土。行人远远地看见班车驶来，赶紧掩住口鼻，背身缩颈，如见瘟神，早早避让路旁。听车开远了，方拉下衣领，涨红着脸，长长地吐出憋住的一口气。

那时骑着自行车走街串巷的小商小贩一般不选择走这条路，坡大路陡弯多累得气喘如牛不说，还要忍受路上死一般的冷清。他们宁可选择从邻近的何庄村绕行，即使这样需要多走些路程，多费些气力，也心甘情愿。很少有农产品收购车辆拐上这条路，如果来了，司机也是连声抱怨道路的难行，控诉来得后悔，将收购价格压得一低再低。有些喝过几天墨水的庄稼汉连声感叹：年年都是多收了三五斗！

听姨父说，村里人都一心想把女儿嫁出这个山旮旯，村外的人家一听是来为易湾村小伙说媒，不用征求女儿意见，直接就把头摇得像个拨浪鼓，还不忘说一句："别的都不说，就那路啊，回一趟家非把我女儿累死！"我常想，这条主干道路就像是一条天堑，磨灭了山里人多少追求幸福的梦想，阻断了他们多少次迈向新生的脚步？

自从姨父姨母去了新疆，我像是得到了解脱，就再没有去过易湾村。如今，这么一个鸟不拉屎的地方，难道也有了城市的文化元素？一连串的疑问，让我和母亲最后商定，一定找个时间去姨父姨母家看个究竟。

可正当我们为选择哪种交通工具而发愁时，姨父一家却捷足先登来探望我们，还带来一个喜讯：表弟将在十月结婚。

这消息不啻于又一枚重磅炸弹。表弟人长得不赖，近些年在新疆也谈过几个女朋友，可是女方得知他们一家在新疆居无定所，是名副其实的“疆漂”时，立即让爱情止步。姨父姨母这么多年挣的钱，倾囊也只能在新疆购买一个卧室，他们长夜无眠，反复合计也苦无对策。想不到这块心病，在表弟回老家仅仅三个月后就得到了解决。

“姨父，就你那土屋，表弟怎么结婚呢?”不等姨父开口，表弟先笑了起来，打趣地说:“哥，你太落伍了，现在我家老屋已经旧貌换新颜了哦!”看着我和母亲满脸的惊诧，姨父姨母兴奋地打开了话匣子。

自那年姨父回来，结对帮扶他们的干部一大冬天就往家里去了七八趟，与姨父一道盘坐在土炕上，询问家里的情况，仔细算收入账，分析增收渠道，制订扶贫帮扶计划，姨父心里一下子亮堂了许多。他和全村其他贫困户的老宅子都被纳入危房改造项目，今年春上他们几家连工带料包给了工程队，只十来天工夫，工程就顺利完工。在姨妈和表弟回来前，新房子里里外外早已收拾停妥。

不要以为只有农户给安排了帮扶干部，村上也有帮扶单位。这些单位成立了工作组，一年到头驻扎在村上，为村干部和群众及时宣讲惠农政策，联系专家讲解种养殖知识，指导调整传统种植业结构，培育发展设施农业，支持新建了村幼儿园、标准化卫生室、村委会办公室，还送来几大车水泥，帮助硬化了通村主干道和村内巷道，翻新了沿街门面房。

巷道整治好了，联系单位又帮扶了许多苗木，发动社员在大街小巷搞绿化。那些干部个个带头挥锹抡镐，与村民一起劳动，群众都竖起大拇指！村委会边那块空地规划建成了文化广场，安装了不少新鲜的健身设施。最近这段时间，一吃过晚饭，姨母和邻居几名妇女就去搓腰甩腿，都上瘾了。

都说现在款难贷，姨父却不费周折申请到了五万元精准扶贫专项贴息贷款，在后院建起了养殖棚圈。正愁无力补栏时，帮扶干部又雪中送炭给了几只母羊，现在已出栏了好几只羊羔呢！你说这白白的给送鸡生蛋的好事，啥时见过啊？

相中表弟的是张满村的一个女孩，两人用手机三摇四摇竟然摇出了爱情的火花。女孩和家人来新房里看了一下，二话没说就答应了婚事，约定了婚期。村里的那几个媒婆估计惊讶得眼珠子都掉出来了，现请的媒人也是为走形式拉了个熟人凑个数，图个喜庆……

看着姨父姨母舒展的笑容，听着他们自豪的叙说，我对易湾村向往之情油然而生，恨不得马上飞去目睹一番，看看它从一张单色调的黑白简笔画，究竟变成了怎样的一幅色彩艳丽的水彩画？

昔日不毛地，今日新家园。我真是醉了，醉在了易湾村前世今生的巨大变迁里，醉在了联系帮扶易湾村单位干部真帮实扶、真抓实干的作风里。如果不是亲耳听到姨父姨母的讲述，这幅美丽的乡村图景定会被看作脑海中幻化出的海市蜃楼。

表弟说，双联帮扶让易湾村的发展一下子向前推进了十几年。的确，只短短几年时间，易湾村基础设施、产业发展、民生事业无不实现了整体性跨越，全村面貌发生了翻天覆地的变化。有什么理由不相信再过几年易湾村会从水彩画变成一幅浓墨重彩、色彩斑斓的油画呢？

十月是个收获的时节，我和母亲急迫地搭上了去往易湾村的班车。随着车子开出张满村，我的心莫名地激动起来。

看见了！我看见了一条光洁平坦的道路在阳光下泛着银色的光芒，宛如山涧泻出的一泓清泉，道路两旁站立着一排排一行行的新疆杨，笔直的树干峭拔挺立，翠绿的叶子迎风摇曳，仿佛在为这个伟大的时代欢快地吟唱。

小村之变

流年可以带走青春，但总有一些经历镌刻着岁月的峥嵘。40年来，改革开放的春风浩荡，小村如一条河流，纳春潮而成巨澜，如一面镜子，折射着改革开放以来的翻天覆地的变化。

一

路是土路，贯穿村庄南北，连着家和学校，约莫三里地。上小学时，我每天要在这条路上走四五个来回，那是我童年走得最多的一条路。

走在路上，最可恨的就是汽车驶过，带起漫天的灰尘，呛得人无法呼吸，无法睁眼，更要落你一身的尘土。每次听到有车驶来，人们做的第一件事就是辨别车后灰尘扬起的方向。如果恰巧扬向自己这边，就飞也似的跑到马路另一边，要是来不及逃脱，就连忙屏住呼吸，将头缩入拉起的衣服中，待扬起的灰尘消散，方吐出一口气，继续赶路。

那时整个村庄都笼罩着一层土色，路是扬灰的土路，房是土房，土坯沾泥成墙，泥巴夹杂麦草覆顶。人也是土人，与土为伴，身上沾土，思想老土，文盲占绝大多数，收入全靠土里刨，出门就凭两条腿。学校也毫无例外，土孩子，土房子，土院子，没有一处不是土。记得每周五下午，学校都要组织大扫除，我们学生最累的活儿就是去涝池一桶桶担水，然后将土院落泼洒一遍压住灰尘。如此的条件，操场上的两个篮球架就成了学校最大的摆设。

土路让人记忆最深的要数下雨时的难行。吸了水的路变得泥泞不堪，人走上去鞋底会沾很多泥，让人一步三滑，步步惊心。每走一步，都要踩实踏稳，要是不小心滑一个趔趄，保准人仰马翻，沾一屁股的污泥。村内小巷更是老罐掉了耳子——没法提，有的路上“哗、哗”淌着水，路变成了沟渠；有的路中间积一大摊水，路化身为水池；有的粪堆、灰堆、土堆挡道，经过雨水冲刷浸泡，行人根本没有立锥之地。

走这样的路，穿上雨靴最好，但也不能掉以轻心，一不留神踏入泥淖，脚走出去了，靴子还钉在原地，只有狼狈地回身，两手齐上阵，悻悻将靴子从泥里扯出。那时要是哪位同学穿上一双新雨靴，是最令我们艳羡的事，大多数同学穿的靴子都补了红色的补丁，补丁处大都开缝渗漏，还未从家走到学校，靴子里面早进了水，这样一来，不但路滑，脚在靴子里更滑。

每次大雨初霁，路上人迹所至之处被扯起一层泥巴，太阳一晒就变成了干硬的泥块，再被车辆碾压成一层灰土。雨后的道路被车轮压过，路两边就会形成凸凹的车辙，后来的车辆也只能顺着这样的车辙行进，久而久之，每个巷道都烙上了这种岁月无法抹去的印记。

记得村头有一段上坡路，是进出村庄的必经主干道，也是外来人最发怵的路。起初只是在下雨的时候，无论是粗笨的拖拉机，还是轻便快捷的小汽车，行至此处，车轮就像抹了油，滑得开不上去。眼看是到了村口却进不了村，气得来人干瞪眼。年复一年，在油门的轰鸣中，车轮将土坡刨得大坑连着小坑，变得极容易翻浆。即使在艳阳高照的大晴天，也常有车辆在此“趴窝”，先用铁锹挖，再用石头垫，还叫人来帮着推，一番震天动地的折腾，车终于轰鸣着出来了，但人也累得筋疲力尽。这样的路，让运输贩销的车辆怎敢来呢？

路，本应是通行的纽带，却成了阻断交往的拦路虎，成了村里人的一块心病。村里人都盼望有一条新路。

二

那时村民出行，主要凭借自行车和畜力车。村内能够见到的拖拉机和小汽车，大都是外来货。特别要有小汽车停在谁家门前，不亚于今天谁家门口停了一辆坦克。小孩子立刻急急过来围观，左邻右舍遥相打听来了什么官，主人家高声让客，佝偻的身躯顿时高大了许多。

自行车当时虽不紧俏，但二三百元一辆的价格，也让老百姓购买的时候需要咬咬牙关。大多数家庭都有一辆加重自行车，这样的车子结实耐用，承载力强。买来时，主人会购买专门的胶带，一圈圈将车子的铁架都缠起来，让车子像个襁褓中的婴儿。不骑的时候，就推到太阳底下，一遍遍擦拭，直到瓦圈都明光锃亮。逢年过节，男人骑一辆明晃晃的自行车，后面捎着女人，女人抱着孩子，前面横梁上趴着个孩子，是最常见的景象。

因为自行车对于出行的重要，孩子刚能扶得住自行车，家长就支持学骑。我们那时虽右手还够不到车把，却能左手握把，将腿伸在三叉梁里，右腋窝夹着车座，把车子骑得到处跑。后来大一些，就骑在横梁上，虽然坐不到车座，但也能骑着上地，帮着大人捎个草捆。窄窄的自行车轮行进在逼仄的土路上，大有古道西风瘦马之势。

畜力车有驴车、骡车、牛车、马车，偶尔还可以看到骆驼车，不过最常见的还是驴车和骡车，它们不但是交通工具，也是重要的运输工具。上了年纪的人不会骑自行车，走亲访友就坐畜力车。不大的娃娃都知道套车需要什么家什，跑前跑后给大人拿来牲口扎圈、架板、鞍子、辔头、鞭子等，然后坐进铺着毛毡和被褥的架子车，闹嚷着跟着一起去。那应是我们农村孩子想到的最舒服的出行方式了。

说是运输工具，它们也当之无愧。每年正月刚过，门前屋后的一堆堆农家肥被一锹锹装进驴车或骡车，然后一趟趟运到地上。秋收时，地上小山一样堆着的一捆捆麦子，又是被驴车或骡车一次次拉到麦场。平日拉粮磨面、送娃上学、进城购买物件、交纳公粮、拉土抹煤、修渠垒坝，更样样离不开畜力车。记得上中学，每次报到时，校门口、操场上一派驴嘶牛叫马欢的热闹场景，真是牲畜的世界，架子车的海洋。等到散去，牲畜粪尿四散遍地，拴了牲口的树伤痕累累，树皮早已被牲口啃得精光。

那时家里除了养一头毛驴或者一匹骡子，普遍还要再养一头牛。春种时，两家的牛搭在一起就可以二牛抬杠，一犁铧一犁铧将两家的土地犁开再耙住。干一会儿，牛要吃草吃料，扶犁的人也要休息，一天对牛喊出无数个“掉——老回!”最多耕三四亩地。秋收拉田，毛驴、骡子累得一身汗，可架子车上才装了七八个麦堆。出了地，男人牵着毛驴或骡子像是过地雷阵，保证车轱辘绕开石头沟坎，走得平平稳稳。要上坡，牲口拉，男人肩膀上勒个绳子也帮着拼命拉，恨不得自己能变成一头牲口。女人扶着麦车走得提心吊胆，一不留神架子车就闪翻在路边，金灿灿的麦粒撒一大摊。

麦子拉到打碾场上，堆成一个个方垛，等麦穗干得差不多，轮到自家打碾时，全家男女老少总动员，天擦明前赶到场上，将麦捆一个个解散摊开。最恼人的莫属这时看到麦垛下大大小小的老鼠洞，还有一摊摊被老鼠糟蹋过的麦穗壳，一家人气得直骂老鼠娘，却又无可奈何。

日上三竿，拉着石辊子的毛驴或骡子的架板下汗水涔涔，拉着缰绳的男人满鼻孔灰尘，顶着毒辣的太阳转得晕头转向，舌头贴在了上颚。女人赶紧提过暖壶和馍馍，小心地伺候。人累，牲口也累，这时牲口趁机对着麦穗大口咀嚼，没有人会去阻止。

熬到日头挨着山，经过数轮抖麦秸、抱麦秸、扫麦秸，麦子终于可以起场了。又是大人小孩齐上阵，推板一板板推，扫帚一条条扫，木锨一锨锨扬，每个人都被汗水和灰尘糊成了大花脸，像是从麦秸堆里才爬出来。

麦子扬出来了，装进一个个印有磷肥、二胺的化肥袋子，再被骡子或者毛驴一趟趟拉回家，干的倒进茇茇囤子里，不太干的需要今后几天反复晾晒。就这样，数不清多少道工序下来，数不清有多少汗珠滴在尘埃中，有多少父母的腰板渐渐弯曲，一场全民投入的秋收才算告一段落。

“打牛千遍，方得一籽”，村民这样形容一粒粮食的来之不易，其实人在这个过程中付出的异常艰辛，还有高强度劳作之苦，又胜牲口多少倍呢？

三

燕子去了再来，花儿谢了又开。

手扶拖拉机逐渐在小村里多了起来，偶尔还可以看到转着方向盘的四轮拖拉机。即使买上个手扶的，在村里也算是响当当的殷实人家。那时拖拉机是让爱情天平倾斜的砝码，谁家的小伙子找对象，如果有拖拉机作后盾，姑娘都会对这个邋遢的小伙子高看一眼，厚爱一分。

谁家买了拖拉机，闻讯的亲戚和邻居都要过来给披红放炮。孩子们兴奋地一会儿爬上驾驶座，学着大人的样子抓着扶把，嘴里模仿拖拉机启动时的“吧嗒嗒”声，一会儿跳下踏板，跑去伸手按一下水箱上高高耸立的浮标，看那浮标刚一放手随即弹起。主人满脸春风，听着“啧啧”声，一边让着来客，一边吆喝着小孩到别处去玩，但也只是随口一说，并不较真。

拖拉机在群众生产生活中的出现，不只是生产动力的转换，还带来了群众对传统耕作观念的转变。开拖拉机的，带着两三片犁铧，一趟过去犁开好宽的一块，半天就可犁五六亩地，吆牛者无不暗暗惊叹，可观念上还不接受，说拖拉机犁地会将地压实，过两年地就翻不动了；拖拉机耕地成本太大，不像牛只要人勤快一些，拉出去多放放吃些草就可以了。有段时间，还有人很不屑又很惋惜地对那些驾着拖拉机犁地的年轻人叹气，败家子啊！

春去春回，拖拉机耕种过的土地，麦苗照样生长得绿油油、齐刷刷，吆牛的老汉不得不接受一个事实，那就是机械化确实带来了生产效率的大幅度提高。

农业机械化，极大地解放了农村劳动力。左邻右舍中有拖拉机的，最早踏上了外出务工之路。自家麦子拔节灌浆的时候，张掖市周边的麦田已能收割。他们驾着拖拉机，拉着女人，如同候鸟一样，哪里麦黄往哪里跑。早早收完自家麦子，又开着拖拉机拉起了矿石，从海潮坝山里装上送到县城水泥厂，等到天寒地冻才收工。一年下来，和其他家庭相比，收入就翻了番。

看到外出务工比在家里种地强，家里先是男人出去，之后又带走了女人，他们上新疆，到劳务市场上“钓鱼”、到库尔勒摘棉花，在暖气片厂干最脏最累的活儿。年轻的到东南沿海，进玩具厂当工人，去家政公司做月嫂，有的沿街收购烂铜废铁，日子过得辛苦，但都觉得比种地收入高。家里的地，谁愿意就送给谁种，没有人接手的，直接撂荒。想不到祖祖辈辈赖以生存的土地，在村民眼里都成了“食之无味、弃之可惜”的鸡肋。

一户户人家背着铺盖走了，一座座房屋空了……空壳村、空巢老人、留守儿童，一个个时兴的词语，为那个时代打上了标签。

正当此时，春雷炸响。2004 年，国家不但减免了延续几千年的“皇粮国税”，还对种粮农民实行直接补贴。在此基础上，2006 年中央财政又安排补贴资金，用于对种粮农民柴油、化肥等农业生产资料实行综合直补。对村民购置农机具，国家也开始大力补贴，村里不少致富带头人将之前可望不可即的大型农机开回了家。同时，国家又对小麦实行了保护价收购，小村山旱地全部退耕还林，村民直接拿到了真金白银的退耕补助。

利好政策接连出台，强农富农政策的效应开始显现。撂荒的土地重新被村民像金饽饽一样捧起，马铃薯、中药材等特色农作物开始大面积推广种植，让村民们一直为耕种难、灌溉难头疼的老农田得到高标准平整，过去无人问津的土地争相被连片承包，一位位种植大户、种植能手涌现出来，他们成立合作社，规模化种植，集约化经营，吸纳村民就近在自己承包出去的土地上务工，既当“地主”，又当工人。“远走不如近拨拉”成为村民特别是女人们的共识。

回归家庭的女人们在门口就赚了钱，还照顾上了孩子，伺候到了老人。春风吹拂的南方城市，持续出现了“用工荒”，吸引着卸下“土地包袱”的男人们继续往外面跑。他们走南闯北，从事不同的工种，学到了技能，开阔了眼界，更新了思想。逢年过节回来，他们穿着新潮，谈吐不凡，让小村的春节变了样，似乎整个村子都有了“城市味”。

东方风来满眼春，正是春潮滚动时。实施城乡居民医疗保险、养老保险，免除城乡义务教育学杂费，发放农村寄宿生营养餐和生活补助，支持改造农村危旧房，精准扶贫、精准脱贫等一系列的惠民政策，如春雨密密匝匝落下来，更是实实在在让村民享受到了一拨接一拨的红利。

春风化雨，我们这个被春风吹拂着的小村，生机勃勃，欣欣向荣。

四

如今，艳阳高照，春风荡漾。小村脚下这块土地，涌出多少令人心动的奇迹，发生多少令人瞩目的变化！

走进小村，常令人恍惚，我一遍遍询问，这还是我的小村，是什么让村庄褪去了土色，焕发了生机？

进村的道路，哪怕是村内的每条小巷，笔直宽敞，泛着水泥灰的诱人光泽，如村庄的一条条动脉，将整车整车的农产品运销出去，将大把的钞票、潮流的观念、城市的精彩输入进来。

路两旁栽植了绿化苗木，青松傲雪，弱柳扶风，花红草绿，鸟语花香，分不清是村在画中，还是画在村中。各家的房屋红砖到顶，红瓦覆盖，白色瓷砖装饰于门庭，透过落地玻璃，盛满整房的阳光，一家赛一家的气派。屋内的设施，电视、冰箱、洗衣机、太阳能，城市里有的小村都有，一家赛一家的现代。老人坐着板凳在门前树下纳凉，没有了往日的孤单落寞；小孩跑来跑去嬉戏玩耍，根本不用担心因坑洼不平而绊倒磕着。

大路朝天，已然难觅自行车、畜力车的丁点踪迹，不时有小汽车开来驶去，不带起路边一粒灰尘。小村到县城，过去骑着自行车需要一天的行程，现在村民开着私家车一顿饭的工夫便打个来回。

村内主干道两边修起了商住两用的门面房，日用百货、蔬菜水果、饭馆小吃、压面蒸馍、理发美容，各种服务设施一应俱全。自来水早就通向了每一户，担水的涝池已成了村民口中的故事。涝池的地方修建了村民文化广场，每到傍晚，大爷大妈的广场舞曲就会“咚咚”响起，仿佛迎接新生活的时代心跳。

学校是全村修建得最好的场所，学生教室、老师宿舍窗明几净，特别是全都安装了暖气，不但安全而且干净，过去父母带着孩子大半夜起床到教室架炉生火的情景一去不返。校园花团锦簇，地面全部硬化，教学设备设施完善，学生下课间隙去投几个篮球，挥动几下乒乓球拍，完全看自己有无兴趣。

学生上下学，每天都有大人或开车或骑电动摩托来接送，村民已经扭转了上学没有多大用处的观念，互相比赛着，千方百计为孩子提供最好的学习和生活条件。就连家住小村但在县城读书的学生，回家返校也时有家人开车接送。要是自己乘坐通村班车，准时发车，准点到达，再也不像我们那时骑一辆自行车风里来雨里去。

拖拉机成了停放在院子里最大的无用的老物件。老旧的自行车全都进了废品收购站，载人又载物、铃铛轻响的风光，已慢慢成为父母和我们两代人的记忆。田野里，田成方、路成网、渠相通、林成行，宛如一幅幅大地艺术杰作。春种，有专业服务队，秋收，有大型联合收割机，麦穗一次性过去就变成了麦粒。这样的耕作方式大变革，不知简化了多少道工序，又解放了多少劳动力，从而释放了多少创造力？想到国家已经把关注的目光投向我们的乡村，我为国家的变化，为盛世的阳光，为家乡的未来感动、感恩。

惠风依然和畅，小村大地上一派生机勃勃的景象。读历史的人和写历史的人都看到了，春风到此，春风让一个村庄繁花遍地。

“21 世纪始于中国的 1978 年”，英国知名学者马丁·雅克多年前的判断，如今已是世界上越来越多人的共识。正是 1978 年以来的 40 年间，我故乡的小村，发生了翻天覆地的变化；我故乡的生活，放射出如此夺目的光彩……这一切，都得感谢改革开放这个伟大的时代！

后　记

今年，新中国喜迎70华诞，全面建成小康社会已翘首可望，一桩桩民生工程正落地实施，我们朝着实现全面建成小康社会目标又迈进了一大步。此时，你或许正坚守工作岗位，或许还在为生活四处奔波，或许需要去克服一些艰难险阻，但让我们无上光荣的是，我们都行进在决胜全面建成小康社会、夺取新时代中国特色社会主义伟大胜利的征程上。

生逢一个波澜壮阔的时代，奋斗在一个人民至上的国家，只要坚持，每一个追梦者都有人生出彩的机会；只要努力，每个人的梦想都能够绚丽绽放。《梦里花开》是我的第一部散文集，能够得以顺利出版，正是得益于此。看到曾从自己笔尖写出的文字变成了整整齐齐的铅字，嗅着手中这凝结个人心血、散发着芳香的书本，我的心中春意融融。感谢中国盲文出版社，让我这么多年的写作羽化成蝶，更感谢这个伟大的时代，让每一个奔跑者梦想成真。

散文集的出版，于我是莫大的鼓舞，今后我将保持永不懈怠的精神状态和一往无前的奋斗姿态，聆听时代强音，把小我置于大道，脚踏实地，扬长避短，以笔为旗，信心满怀走好脚下的路；不驰于空想，不骛于虚声，手捧诗书，孜孜以求，满张阅读之帆，从狭隘驶向无限广阔的生活海洋。

在结集出版本书中，我的妻子不辞辛劳地将我曾经刊发于各大报刊上的文章，认真地搜集和录入电脑。单位的许多同事和不少挚友，对我的涂鸦之作，经常予以鼓励鞭策。对这些支持、关爱和鼓励，我表示衷心的感谢，并将永怀感恩之心，不断完善自我，写出更好的作品。

2019 年 5 月 6 日